シーツをかぶって
雪だるま化していたルーンの
気をひくために
簡易的なぬいぐるみを作った。

セシル文庫

異世界に召喚された魔導師は若き国王に溺愛される

森崎結月

イラストレーション／七夏

◆目次

この作品はフィクションです。
実在の人物・団体・事件などに
一切関係ありません。

異世界に召喚された魔導師は若き国王に溺愛される

§　序章

「おまえは、やはり元の世界に戻りたいか？」

愛しい人の寂しげな眼差しに、決意を固めようとしていた心が揺れ動く。

「元の世界に、心残りがあると言っていたな」

「……はい」

心残りは確かにあったはずだ。

異世界に召喚されたのは不可抗力でしかなかった。

だから、元の世界に帰れる道を探していたはずだった。

けれど、今はどうなのだろう。

今の自分に心残りがあるとしたら？

「私たちでは、おまえを引き留める理由にならないか」

別れを惜しむ視線がこちらに向けられる。

終わりの時が迫っている。
迷っている時間はない。
その問いに対し、選んだ答えは——。

§　1章　光の糸

もしもこんな世界があったら——と幾度となく考えたことがあった。

自分が手がけた服を着た人が、世界中の光を集めたみたいにキラキラと輝く笑顔を浮かべている。その人は誰かの隣で幸せそうに頬を緩め、煌《きら》めく光の中で踊る。自分は遠くから彼らの満ち足りた表情を眺め、至福の喜びという名の光の衣《ころも》に包まれる。

大げさな表現をすれば、デザイナーは、現代の魔法使いと言っていいかもしれない。願い……あるいは祈りを込めてデザインを起こし、ひと針ひと針、糸に想いを込めて完成へと誘い、完成した服を着たモデルに祝福の魔法をかける。魔法をかけられたモデルは様々な幸福に満たされる。自信や勇気や愉楽などの感情を与えられるのだ。

幼い頃から手先が器用なことは、きっと自分に付与された贈り物《ギフト》なのだと瑠璃《るり》川晃《かわあきら》は思う。

最初は、ただ絵を描くことが好きだった。やがてデザインとして絵に描いたものを立体化させる裁縫《さいほう》という技術を覚えると、その才能を親に褒められ、小学校高学年のクラブ活動では手芸部に入部することに決めた。

晃には二つ下の弟と、五つ下の妹がいた。それぞれの名は昴《すばる》と結衣《ゆい》という。妹の結衣は体が弱く外で遊べなかったので、幼い頃はよく人形遊びに付き合ったり衣装を作ったりしていた。妹のためというのもあるが、自分自身の趣味でもあった。

中学校に上がると、手芸部はなかったので被服《ひふく》部に入った。高校では服飾部に所属し、文化祭では服作りと共にファッションショーに励んだ。その出来栄えを評価され、演劇部の衣装を担当したこともあった。趣味程度だった裁縫がいつの間にか晃の特技になっていた。いつか妹が心から笑顔になれるような素敵な服を作ってあげたい、と思うようになったのはこのときだ。

そんな晃の可愛がっていた妹が亡くなったのは中学卒業の頃だった。荼毘《だび》に付した妹を見送ったあと、晃はしばらくふさぎ込み、何も手につかなかった。生きている間に、何かもっとしてあげられることはなかっただろうか、と落ち込んだ。そうして自分を責めても妹は戻ってこないのに。

その少し後から、具体的に将来の夢を想い描くようになった。服を作ってあげたときの妹の笑顔が思い浮かんだ。いつまでも時間を止めている場合じゃない。妹が喜んでくれたように、いつか一人前のデザイナーとして服を作り、一人でも多くの人を幸せにしたい、と思ったのだ。

けれど、晃を取り巻く家庭環境はそんな夢を残酷に蹴散らそうとしていた。

『いつまでバカなことを言っているんだ。ままごとみたいな話はやめなさい』

高校二年の進路相談のあと、両親に将来の想いを打ち明けたときだった。

父は冷たい眼差しを晃に注ぎ、父の隣にいた母は困惑したように頬に手をあてた。晃は、ただ唇を噛んで俯いた。

晃の趣味について両親が眉を顰めていたことは知っている。晃は江戸時代から続く名家の瑠璃川家の長男、跡継ぎという立場。しかし晃の胸の裡《うち》には、幼い頃はあれほど才能を褒めてくれていたのに職業にしようとした途端なぜ反対されなければならないのかという不満が燻っていた。

『お遊びはここまでだ。おまえは瑠璃川家の人間として立派に大学を卒業し、私の跡継ぎとなる。それがおまえの務めだ』

父は憤慨しながらそう豪語《ごうご》した。

父の言いなりの母は同調し、騒ぎを聞きつけて顔を出した弟の昴は冷めた目で晃を見ていた。話をしていた部屋の続き間には仏間《ぶつま》があった。儚《はかな》げに微笑んでいる妹の結衣の遺影が視界に映り、晃は胸がつよく締め付けられるのを感じていた。しかし晃はもういくら反対されたとしても諦められなかった。腹の中で覚悟を決めた。高校卒業後、反対し続ける親を振り切って家を出た。親を説得するには、自分が一人前になった姿を見せるほかにないと思ったのだ。

それから、晃は古いアパートで一人暮らしをはじめ、バイトの掛け持ちをしながら二年制の服飾専門学校に通った。

成人したのだから家さえ出られれば後は自由だ。これからは自分の好きなように生きる。親の期待に応えられない分、今は殻を破るために飛び出すことしかできない。いつか理解してもらえる日が来るまで帰らない。

そう意気込んだものの、学業とバイトに追われ、まだ何かを成《な》しえていない今は、ふと気を抜くと後ろめたい感情に囚われそうになることがある。それでも目標を見失わないように前を向いて二年間通い続けた。その時間は、晃にとってかけがえのない成果のあるものだったし、家を出たことを今さら後悔はしていない。

そして、卒業式を控えた今――。

集大成《しゅうたいせい》ともいわれる大掛かりなコンテストを控えているところ。実際に学生たちで会場を設営し、ランウエイの上をモデルがデザイナーやパタンナー達の手によって作られた洋服を着て歩く。卒業制作のような形だ。

もうほとんどの学生が一年時の秋頃には就職先を決めていて、アパレルメーカーをはじめとするファッション業界へと進むことになる。かくいう晃も冬休み前に内定をもらい、卒業後は都内のデザイン事務所に勤めることが決まっている。しかし疎遠《そえん》になっていた親にはまだ報告をしていなかった。

片づけをしていると、クラスメイトに声をかけられた。

「な、おまえは、誰か呼ばないの？　家の人とか」

「うーん。そういう年でもないし」

「まぁな。俺も適当に報告するくらいだ」

適当に雑談をして、それから忘れ物をしたと言い訳をし、ひとり備品室の方へ戻った。

招待状は鞄の中に入ったままだ。

どうしようか、と久方ぶりに両親と弟の顔を思い浮かべてから、不意に目に止まった年代物の衣装に近づく。

（きれいだ……）

妹が生きていたら着せてあげたかったかもしれない。きっと似合っただろう。そんなことを不意に思った。卒業と同時にもうすぐ妹の命日が近づいている。卒業制作の作品を見せに行こう。そんなことを考えてから、晃はハッとする。

衣装は特別な部屋に厳重に保管され、鍵がかけられているはずだ。どうしてここに置いたままになっているのだろう。

無性に生地に触れてみたくなり、そっと傷つけないように指を滑らせた。

——いつか、誰かの力になるような素敵なものを作りたい。一針、一針、想いを込めて。その人の勇気や元気につながるように。そして、その人を輝やける未来へと導き出してあげられるように。

そんなふうに願いを込めた瞬間、自分の周りに、光の泡が溢れ出した。

「これは……何……っ」

囲い込む光はどんどんつよくなっていく。困惑しているうちに視界が霧のように白んで世界が隔《へだ》たれたかのように周りが見えなくなった。

激しい耳鳴りと靄に包まれる意識の中、自分を呼ぶ声が聞えたような気がする。

煌めく光の眩《まばゆ》さにとうとう目を開けていられなくなり、晃の意識はそこからふっと途絶えた。

§　2章　見知らぬ異世界へ

「ここは……どこだ」

次に目を開いたとき、晃は霞む視界の中、辺りを見回した。

(さっきまで学校の備品室にいたはずだったのに)

誇りっぽい空気を吸い込んでしまい、激しくせき込む。

茜《あかね》色の空の下、目の前に広がるのは荒地。そして辺りは薄暗い夕方の鬱蒼《うっそう》とした森林に囲まれている。気付けば、知らない場所に放り出されていた。

一体、何が起きたというのだろうか。

巨大な地震などの災害、あるいは爆弾テロ、まさかの戦争……現代の不安定な情勢を見ればありえないことではない。

「誰か!」

思わず張り上げた声は風にかき消され、森の奥に吸い込まれていく。

とりあえず、自分はどこも怪我をしていない。

持ち物は、と見回す。触れたはずの衣装はどこにもない。晃の傍らに転がっていたのは鞄だけ。中にはスケッチブック、裁縫道具、書類を入れたブリーフファイル、ノートや文房具類が入っている。

咄嗟に鞄の中に手を突っ込んでスマホを探した。けれど、見当たらない。ポケットにも入っていない。落としたのだろうか。急に蜘蛛《くも》の糸を切られたような焦燥《しょうそう》感に駆られ、晃の鼓動はどんどん速くなっていく。

落ち着け。こういうときは情報収集が必要だ。

（とにかく人を探そう……）

改めて辺りを見回す。ぐるりと三百六十度確認した。遠くにはうっすらとした山々の影。目の前には人が通りそうにない獣道、森林に囲まれた道は、暗闇がぱっくりと口を開けているように見えて、その先に進むのが躊躇《ためら》われる。

（ここでじっとしているわけにもいかないし……）

このまま迷って遭難しないだろうか。晃はおそるおそる歩みを進める。こちらではなく向こうに行くのがいいだろうか。正解がわからない。せめてすぐ近くに人の姿が見えたらよかったのに。自分の他に誰もいないという孤独感が恐怖心をよりいっそう募《つの》らせる。

とにかく誰かに出会えることを願い、歩き続けるだけだ。

風がざわりと森の木々を揺らす。そのとき、どこからか足音がやってきた。

人がいた！

一縷の希望を見出しかけた晃は、目の前に飛び出してきた武装した集団に、ひっと喉を鳴らす。

「てめぇ、どこから来た？　見ない顔だな」

「小僧《こぞう》、なかなかいいのを持ってるじゃないか。そいつをこっちによこせ」

野盗らしき身なりをした彼らが晃にじりじりと詰め寄ってきたのだ。

野盗らは晃の持っている鞄に目を光らせた。

「い、いやだ」

鞄の中には大事なものが入っている。それに、もう晃にはこれしか頼りになるものがない。みすみす自分の命綱を渡すわけにはいかない。

「チッ。大人しくいうことを聞け。てめぇ、命が惜しくないのか」

「だめだ、これだけは……！」

「おい、早くこっちによこせ」

すぐに逃げ出したいのに振り向けもしないし、その場から動きだせなかった。腰が抜けていたのだ。

瞬く間に囲まれる。刃物を取り出した野盗が苛立《いらだ》ったように晃に詰め寄った。

その拍子に尻もちをつき、退路を断たれてしまった。起き上がって逃げる時間はない。

(もうダメだ。刺される、殺される……！)

思わず目を瞑ったが、その衝撃はいくら待っても来なかった。

その代わり、剣戟《けんげき》の音と男の悲鳴が響き渡った。

晃はおそるおそる目を開いた。今しがた目の前にいた野盗が地面に転がっていた。

入れ替わりに、剣呑《けんのん》な声が響き渡った。

「市民が、ここになぜいる？　この一帯はレジスタンスのアジトになっていて危険だと、退去命令を出していたはずだ」

剣から滴《したた》る血を見て、顔から血の気が引く。

(本物の血……！)

晃は無意識に後ずさる。

助けてくれた目の前の無骨な騎士らしい男は険しい表情を浮かべ、冷徹に血を拭ったあと、晃へと近づいてきた。

輝くような金色の髪に、夜明け前の空みたいな菫《すみれ》色の瞳……左右対称の美しく整ったその目鼻立ちは、神様の手によって完璧に創られたといっても過言《かごん》ではないような、金色の獅子の化身とも形容される雄姿に、晃はたちまち釘付けになる。その気品からすると、騎士の中でも上位の身分の者であることがうかがえる。

「おまえは、ここで何をしていた？」

見下ろすように追及され、晃はハッとする。

「僕は、何も……！　気付いたらここに」

「とにかく怪我がなくて幸いだった。しかしここは危険だ。我々が王都まで送っていく。ついてこい」

「いえっ。僕は……」

足に力が入らない。立ち上がることができなかった。

仕方なし、と目の前の騎士は晃を軽い荷物のように抱き上げた。

「は、離してください！」

一体どこに連れていかれるというのか。

「大人しくしていろ。無暗に怪我をさせたいわけじゃない」

じろりと睨みつけられ、恐れおののく晃に、後方に控えていた強面の騎士が晃に忠告する。

「保護するというのは名目上の話だ。まだその身の潔白《けっぱく》が証明されたわけではない。捕縛されたくなければ、大人しく従う方が賢明だぞ」

捕縛、という言葉に顔から血の気が引く。

さらに側にいたもうひとりの温厚そうな騎士が晃の荷物へと手を伸ばす。

「悪いが、一応、持ち物は検《あらた》めさせてもらうよ」

「あっ」

問答無用で鞄が奪われた。

上長と思しき騎士に抱えられ、年若い二人の騎士に囲まれ、晃は身を縮めるしかなく、何も言葉が出なかった。

そろり、と金髪の騎士の顔を見る。剣呑な雰囲気はそのままに、抱く腕の力は強い。彼は何も言わずに目的の場所まで歩いている。後方からついてくる騎士や兵士の数はいつの間にか増えていた。逃げ場などもはやどこにもなかった。

助けてもらえたことは有難いが、殺されなかっただけ幾らかマシなだけで、今もピンチであることに変わりはない。彼らの話によると、レジスタンスの一員ではないかと疑われているのかもしれない。反抗すればただでは済まないだろう。

晃は双璧のように立ちはだかる騎士らを前に、渋々頷くほかになかった。

（本当にどうなってるんだよ。今の時代に、甲冑《かっちゅう》を着た騎士がいるなんて信じられない）

けれど、野盗は起き上がってこないし、ピクリとも動かない。気絶したのでなければ絶命したということになる。

明らかに西洋風の身なりをした彼らの言葉を晃はなぜか理解できていた。あるいは、彼らが流暢《りゅうちょう》な日本語を話しているのか。どちらが正しいのかもはや脳が混乱して判断がつかなくなりそうだ。たとえるのならば、吹き替え映画の中に飛び込んだような感じといったらいいだろうか。

（やっぱりこれは何かの悪夢かな……）

後方には騎士の鎧に描かれたものと同じ紋章をつけた立派な箱馬車が待機していた。

「おまえはこの馬車に乗れ」

馬車の前で下ろされ、晃の身柄は待機していた別の兵士に引き渡される。金髪の騎士は上質そうなマントを翻し、去っていってしまった。

聞き間違いでなければ、王都に連れていくという話だった。この土地はどこかの異国の王政国家にでも占領されてしまったのか。理解しがたい現実に、頭も心も追いつかない。

先ほどの騎士の口ぶりでは、保護というのは名目上ということだった。このまま捕虜として差し出され、拘留《こうりゅう》されたのち酷い目に遭うのではないだろうか。

動き出した馬車の中、先ほどの恐ろしい光景を思い出し、晃の身体はガタガタと小刻みに震えていた。


どのくらいの時間が経過したのだろうか。

馬が駆ける音や馬車の激しい揺れに慣れる頃、晃は車窓へと顔を近づけた。

森を抜け、星のような灯りがぽつぽつと点在した街の姿が見えてきていた。赤い煉瓦《れんが》や三角屋根の家など、様々な形の建物が並んでいる。あれが騎士らの言っていた王都だろうか。

暗闇に目が慣れてくると、姿を見せた美しい風景に息を呑んだ。闇夜に浮かび上がる立派な古城、さらにその中央の王宮と思しき豪奢な建物に目を奪われる。

やはりここは異国……いや、異世界なのか。

「このまま僕は、牢にでも入れられるんでしょうか」

王都に連れて行くといわれたが、解放されるわけではなく、このまま城に向かっているのを見れば、そう思わざるを得なかった。想像したら身体が震えた。

晃の隣には兵士が一人、向かい側にもう一人、監視役としてついていた。

彼らは険しい表情のまま頷く。

「疑いが晴れれば釈放する。今のところ重要参考人というだけだ」

一人の兵士が面倒くさそうに言った。

もしも疑いが晴れなかったら……と想像すると、血の気が引く。

もう一人の兵士が面倒くさそうにため息をつく。

「陛下がとある人を探しておられる。おまえがその人物である可能性があるとお考えだ。そのつもりでいるといい」

「国王陛下が？　探し人？　人違いでは？」

「それは陛下が判断することだ」

煩わしそうに睨まれてしまった。

あまりに食い下がるとますます怪しまれてしまうかもしれない。

「わ、わかりました。あの……そのときに、僕から国王陛下に質問させていただく機会はいただけるでしょうか」

「陛下より許可が出れば、もちろん構わないだろう」

晃はほっと胸を撫で下ろした。

捕らえられたことはショックだったが、今のところ雑に扱われているわけではない。少なくとも彼らに危害を加えられることはなさそうだ。あの野盗に殺されていたかもしれないことを考えれば、むしろ彼らには感謝をしなければなるまい。馬車の移動中に晃は少しだけだが冷静さを取り戻しつつあった。あのまま暗闇をむやみに歩き続けるより、こうして捕まった方がよかったのだ。そう考えることにした。

その後、晃は王宮に連行されると、汚れた服のままでは謁見は認められないと咎《とが》められ、国王に挨拶するのに相応しい衣装へと侍従の手で着替えをさせられることになってしまった。

衣装は中世ヨーロッパの貴族が身に纏っていたような、いわゆる宮廷服だ。フリルのついたブラウスシャツにクラヴァットを身に着け、その上から襟から袖にかけて縁を金糸で縫われた濃紺色のジレを合わせ、さらに同色の上衣を羽織った。現代日本なら男性アイドルの衣装によく見かける類の煌びやかな形状のものだ。

晃もこのような舞台衣装を手がけたことがあるが、これほど品質が良く、しっかりとした造りをしている生地はないかもしれない。

これでも恐れ多いと感じるくらい豪華なのだから上級貴族や王族となれば、比べ物にならないくらいの装飾をつけているのかもしれない。そんなふうに容易に想像がついた。

牢に入れられることを覚悟していた晃はこうして戸惑いのまま控室で待つことになった。

すると、バタバタとした足音が聞こえてきた。複数の女性の声だ。

「大変！　またいなくなられたわ」

「これで何度目の脱走でしょう」

（脱走……!?）

穏やかじゃないな、と晃は落ち着かない気持ちになった。一体、何が起こっているのだろうか。そんなふうに思っていると、控室のドアが不自然にそっと開いた。

入ってきたのは、三歳くらいの小さな男の子だ。

（わ、かわいい……）

まるで天使のよう、という言葉が似合う。陽に透けるようなサラサラの金の髪に、くりっとした大きな瞳は琥珀色の宝石のように輝き、淡雪のような白い肌がうっすらと薄桃色に染まっていた。幼い子用の上品な宮廷服のような衣装を身にまとっている。

晃がいることに気付いたその小さな男の子は、しまった、というような顔をした。まるで子猫のように警戒するように後ずさり、晃の方をじっと見ている。

（誰なんだろう、この子……）

幼いながらも気品の漂う雰囲気からすると、貴族の子であるのはたしかに思える。

「あ、こんなところにいらっしゃったわ！　こっちよ！」

さっきの女性達はどうやらメイドだったようで、小さな男の子を捕まえにやってくる。

「さあさぁ、お着替えいたしましょう」

「いや、だっ！　はなせ！」

小さな男の子は天使のような愛らしさから一変し、不機嫌な子猫のように暴れだした。

そんな彼の様子に、メイド達が慌てふためいている。

「そ、そうおっしゃらずに、このままではお風邪《かぜ》を召《め》されてしまいます」

じりじりと二人のメイドが小さな男の子に迫る。挟み撃ちされては逃げ場がない。

ちらり、と助けを求めるような視線を感じ、見かねた晃はどうしようかと腰を浮かせたが、助けに入るまもなくメイド達に囲まれてしまった。

「今のうちよ！」

メイド達は頷きあってシーツを広げるとふわりと、小さな男の子を繭《まゆ》のように包んで捕獲してしまった。唖然としている晃にようやく気付いたらしいメイドが跳ねるようにして慌てて頭を垂れた。

「……お客様！　失礼いたしました」

「も、申し訳ありません。ごゆっくりお過ごしくださいませ」

（メイドが世話を焼いていたということは、ひょっとして、幼い王子様とか…？）

「な、なんだったんだろう……」

それにしても――。

晃は部屋を眺め、思わず息を呑む。

なんて豪奢な造りをしているのだろう。美しい意匠《いしょう》が施された大きな扉や部屋の調度品、質のよさそうなカーテンや絨毯の模様へと目がいく。デザイナー志望者の職業病といってもいいかもしれない。

しかしまずはこの状況を把握しなければ、職業どころの話どころではない。

ここは、中世のような世界でありながら、衣装や建物の造りは現代にも通じる革新的な雰囲気がある。過去のどこかの国というよりは、まるでファンタジーの世界に溶け込んでいるような錯覚に陥るのだ。一度想像したように王政国家に乗っ取られたというわけではないのなら、やはり異世界に飛ばされた――？

そうして思考の海に溺れていると、騒々しい足音が聞こえてくる。その正体は先ほど見張りを務めていた二人の騎士だった。

二人のうち強面の一人が廊下の方へと顎をしゃくった。

「謁見《えっけん》の間に案内する」

慌ててひょこっと白兎《しろうさぎ》のように飛び跳ねた晃の様子にやや眉を顰めつつ、強面な騎士はついてこいといわんばかりに歩き出した。

見かねたらしいもう一人の優男風の騎士が近づいてきて晃にそっと声をかけてくる。

「あまり気を悪くしないでほしい。君が悪人ではないことは、その雰囲気を見れば、なんとなくわかるさ」

晃は大げさなくらい頷いて意思表示をする。彼はふっと小さく笑みを作った。

晃がホッと胸を撫で下ろすと、強面の方の騎士にギロリと視線を向けられ、晃はまた白兎のように跳ねそうになりながら、彼ら二人に付き従い、謁見の間へと向かったのだった。

円柱が幾つも並んだ回廊は美しく、土足で歩いたら汚れが付きそうな深紅の絨毯《じゅうたん》は隅々まで手入れが行き届いている。

晃はまだ現実感のないふわふわした気分で歩みを進める。途中、赤やピンクの薔薇が咲き誇っている中庭を通りすぎ、まとわりつくような馨《かぐわ》しい香りを感じていると、騎士が大きな扉の前で止まった。遅れて晃も慌てて歩みを止めた。

見遣ると、先ほどとはまた比べ物にならないくらい豪華な意匠が施された白金の扉の前には衛兵が二人ついている。

騎士が用件を告げると、ゆっくりと扉が開かれた。

中に進んで程なく騎士は一旦下がり、晃の両隣にそれぞれ控えた。

二人に伴われ、晃は重たい足どりで中へと進んだ。

ほんの微かな衣擦れの音ですら響いてしまいそうな静寂に、晃の緊張はまた徐々に高まっていく。

騎士が頭を垂れ、そのままの姿勢を保つ。目配せをされて晃も急ぎ見習った。

ふと、脳裏にアリスの世界が思い浮かんだ。今の晃はさながらアリスの状態といっても過言ではないだろう。もしも無礼をして首を刎ねられることになりでもしたら大変だ。

玉座に国王がいると思うと全身が粟立《あわだ》つ。一体どんな人なのだろう。そして、何を言い渡されることだろう。あまりの緊張にもはや自分の鼓動の音しか聞こえない。

「おもてをあげよ」

凛とした響きの低く通る声には、頂点に座する者の気高い品のようなものが感じられた。

おそるおそる玉座を見上げる。その瞬間、晃はあっと息を呑んだ。

なぜなら、その輝くような金色の髪に、左右対称の美しく整った精悍な顔つきに、見覚えがあったからだ。

（……助けてくれたこの人が、国王だったのか……）

驚いたが、納得がいった。

それほど金色の獅子の化身といっても過言《かごん》ではない、王族の気品に溢れていたからだ。

「失礼いたします。陛下、件《くだん》の者を連れて参りました。この者の今後の処遇についてご意見を賜りたく存じます」

騎士の言葉を受け、国王が晃の方へと視線をやった。

目が合った瞬間、全身の毛が漣《さざなみ》のように粟立った。

どこからか殺気を感じて、晃はハッとする。強面な騎士の剣呑《けんのん》な視線がこちらに注がれていた。優男風の騎士はなぜか面白いものを見るように目を細めていた。

「我が名はアロイス・フルール・ド・タンザナイト。この国の王を務めている。その者に尋ねよう。此度のことで事前に何か申し開きたいことはあるか？」

国王の冷ややかな表情からはよそ者への疑念が浮かんでいるように見える。つまりは誤解があるというのならば先に言い訳を聞いておこうということらしい。最初の印象は肝心だ。ここで挽回しなくては先がない。そう思うのにすぐには言葉が出てこない。喉はからからに乾いていた。

「陛下。このたびは危ないところを助けてくださりありがとうございました。陛下が案じておられる件ですが、僕は断じてレジスタンスの一味ではないことを誓います。いつの間にか、道に迷っているうちに巻き込まれてしまっていたのです」

緊張に身を包みながらも、なんとか言いたいことは伝えられた。

「おまえの名は？」

「た、大変失礼いたしました。僕は、えっと、瑠璃川晃と申します」

「ルリカワ？　あまり聞きなじみのない名だな」

困惑する国王を前にして、晃もまた戸惑っていた。

「えっと、晃はコウとも読めて……」

なんていったら伝わるか身振り手振りをしているうちに国王が話を進めた。

「まぁいい。コウ・ルリカワ……覚えておこう」

まぁ、それでいいか、と晃は肩を竦めた。

「さっそくだが、コウ、おまえには幾つか尋ねたいことがある」

「は、はい。なんでしょうか」

さらなる尋問ということだろうか。晃は手に汗を握っていた。

「おまえは先ほど無関係であることを主張していたが、では、なぜ、一市民であるおまえが、レジスタンスのアジトの傍にいた」

厳しく追及する声だった。疑惑を向けられたことを察し、晃の身にぐっと力がこもる。

「わかりません」

晃にはそれしか言えない。

「巻き込まれたという話だが、おまえは奴らに誘拐でもされ、あの場に置き去りにされたということか？」

国王からの冷徹な詰問が続く。

「ほ、本当にわからないんです。僕は学校の建物の中にいました。でも、急に光に包まれて、気付いたらあの荒野にいたんです」

思い出そうとするとこめかみのあたりに鋭い痛みが走った。

殴られた記憶はないが、ひょっとしてそれは思い込みで、国王のいうように誘拐にでもあったのだろうか。

「光に……それで野盗に襲われそうになったところ、我が騎士団に助けられた、ということだな？」

「はい。その通りです」

「どこから連れてこられたということか？　見たところ、おまえが異国の者であることは確かだ」

異国という言葉に、晃は疑問に感じていたことをアロイスに尋ねた。

「どこから……というか、ここは日本という国ではないのでしょうか？　僕は捕虜《ほりょ》として捕まったということでしょうか？」

まさかあなた方の国が日本を制圧したのではないですか、とはさすがに言えなかった。

「貴様は、陛下の御前で失礼だろう。とぼけているのか」

それまで寡黙を貫いていた強面の騎士がいきなり怒鳴りつけてきたので、晃は震えあがった。

「と、とんでもないです」

「ならば、ごまかすことなく説明しろ。そのためにおまえを陛下の御前にわざわざ連れてきたのだ」

「やめろ。構わない」

「ですが……」

納得いかないといったふうに強面の騎士は憤りをあらわにする。

晃は息を詰めて縮こまるしかない。

「私がこの者に発言を許したのだ。その場合、おまえが責める相手は私ということになるが」

「……滅相《めっそう》もございません」

強面の騎士が下がると、優男風の騎士は肩を竦めてみせる。

晃は小さくため息をついた。

「少し気にかかることがある」

玉座にいたアロイスがそう言い、晃の元へと歩んできた。見上げることを許されただけでも尊い姿がすぐ側へと近づく。

晃は気圧されそうになるのを必死に耐えた。

「まず、ここはニホンという名の国ではない。タンザナイト王国だ。異国の旅人よ」

興味深そうに眺める眼差しに当てられ、晃はどうしていいかわからなくなる。

「いずれにしても、詳しい話は私の執務室でじっくりと話をしたいところだ」

アロイスはそう言い残したあと、側にいた侍従に声をかけた。

「ベリル、謁見の間を閉じろ。私は執務室に戻る。火急の用でなければ明日の昼に対応する。しばらく人払いをしておいてくれ」

「かしこまりました」

ベリルと呼ばれた初老の男性が即座に応じる。

「私は国王補佐官長を務めております。ベリル・グランデと申します。以後、お見知りおきを」

晃は慌てて頭を垂れた。

初老の男性の後方には、補佐官らが数名控えていた。彼がその頭ということだろうか。

「ベリルは私の右腕となって支えてくれている男だ」

アロイスが紹介すると、恐縮したようにベリルが傍で控えた。二人の間にはたしかに絶対的な信頼と忠誠を感じる。

「それから、其方の両脇に控えるは我が守護騎士の中でもトップの双璧の騎士、クロードとシャルル」

「はっ」

「もったいなきお言葉、恐悦至極《きょうえつしごく》にございます」

「それぞれ、私の頼れる側近であり大事な臣下だ」

強面の騎士クロードはやや不満な様子で晃を睨むものの、ぐっと堪えている。

一方、優男風の騎士シャルルはよろしくと微笑んだ。

晃は蛇《ヘビ》に睨まれた蛙《カエル》のように固まったまま微笑を返す。

それから、とアロイスは三人に改めて命じた。

「ひとまず、状況がわかるまでコウはこれより私の客人として扱う。その心づもりでいてくれ」

そう言いつつ晃の方を一瞥《いちべつ》する。晃はよりいっそう身を硬くした。

アロイスのそれは言葉通りにもてなしをするという意味ではなく、潔白《けっぱく》が証明されるまでは命綱《いのちづな》を握られているものだと思えということかもしれない。

「……御意《ぎょい》」

「御意のままに」

「かしこまりました」

三者三様が畏《かしこ》まったふうに応える。

「私の身に憂《うれ》いがあれば、おまえたちを頼りにしている。ゆめゆめ忘れるな」

アロイスはそう一言添えた。不服そうにしているクロードの感情を読み取ったのかもしれない。人を従えるというのは大変だ、と晃はまだ現実味を持てず、どこか他人事のように眺めていた。


国王の執務室は、玉座のある謁見の間に比べ、落ち着いた雰囲気だった。とはいえ、専門学校の大講堂くらいの広さはあるのだけれど。人間は広い空間であればあるほど不安になるものらしい。少しずつ箱が小さくなるにつれて晃の緊張は徐々に和《やわ》らいでいった。

アロイスは執務室の中央にある背もたれの大きな金色の椅子に腰かける。堂々とした居住まいは玉座よりも小さな場でも獅子のような品格を失うことはない。

晃はその前にある猫足の深紅色のソファにちょこんと座った。少しすると数人のメイドがお茶を運んできた。高貴なる人と接するときの独特の沈黙には慣れてきたが、客人としてもてなされていることには戸惑いを隠せない。

準備が整う間、執務室の隣のドアが薄く開いた。先ほどの国王補佐官長のベリルと、他の若い補佐官と思しき人々が顔を出した。目が合いかけたところでドアは閉じられたが、晃への好奇心なのかひそひそとした声が小さく漏れてくる。

双璧の騎士の二人はというと、部屋の後方左右にしっかりと待機している。部屋の外には当たり前のように近衛兵が見張りとして立っている。警戒は解かれていないようだ。晃に対する疑いが本当に晴れたのかどうかは今後の行動次第ということだろうか。引き続き監視されていることには変わりがない。

それにしても、わざわざ別室に呼んでまでアロイスはなにを話したいのだろう。いったん弛緩しかけた身体に緊張がじわじわと戻ってくる。

紅茶の湯気と共に漂う馨《かぐわ》しい香りだけが、晃の意識を留めてくれた。

「さて」とアロイスが口を開く。晃は猫が毛を逆立てるみたいに背筋をピンと伸ばした。

「先ほどは詳しく言及しなかったが、おまえの容姿はここでは珍しい類《たぐい》に入る。特に黒曜《こくよう》石《せき》のような漆黒の髪はこの国では稀有《けう》だ。異民族やレジスタンスの中に似た色の者はいることだな」

が。だから念のため警戒をしている。まず、先に告げておく。私はおまえの言い分を全面的に信用したわけではない。この城の中にいる間、おまえには逃げ場がないと思っておくことだな」

　顔が見える距離で警告され、その王者の気迫に圧倒されてしまう。

　一拍置いてから、晃は頷き返した。

「もちろんです。どちらにせよ、僕には行き場がありません」

「無論、疑念が晴れれば、そのときは解放してやる。それまで余計な行動をせず、せいぜい大人しくしておくことだ」

「言われなくても、丸腰の晃ではあの強面の騎士らと対峙できるはずがない。逃げ出したとしてもまた野盗に襲われるのがオチだ。野垂《のた》れ死ぬよりはこの箱庭に身を寄せさせてもらえた方がずっといい。

「おまえをここに呼んだ理由……話には続きがある。実は、王室に縁のある占い師がこのようなことを予言した。我が国の憂いに光をもたらす者が近く月の満ちる刻に召喚《しょうかん》されるだろう。その者は異国の旅人のいでたちをしている、と」

　アロイスはそう言い、観察するように晃を見た。

「まさか、それが僕であると？」

異世界に召喚――。

ここは日本ではなく、異国でもなく、まったく異なる異世界。

たしかにそう考えると、おかしなこともすべて腑《ふ》に落ちてしまう。そして、祖国が戦争に巻き込まれたわけでもなければ、何か大災害が起きたわけではないのであれば、ふと思いうかんだ家族の無事にほっとしさえもする。

しかし晃の中に別の不安がこみ上げてきた。

それなら、この世界には晃の知り合いがいない、頼れる者はいないということだ。自分はどうしたらいいのだろうか。再び途方に暮れてしまう。

茫然としている晃に、アロイスは更に問いかけた。

「おまえには何か特別な能力があるのではないか？　そう思い、この部屋に招いたのだ。予言の件は私の側近のみ、補佐官長のベリルや双璧の騎士くらいしか知らないことだからな」

期待を抱かせるように尋ねられ、晃は困惑する。

「特別な力なんて僕には何も……特技があるとしたら自分が考えた服を作ること……裁縫くらいです」

自分で口にして虚《むな》しさを感じた。

正しくは、自分には裁縫しかない。それだけが生きる糧《かて》だった。

理解してくれない両親から逃げ出すように実家を出たあと、ひとり暮らしをしながら専門学校に通った。

あれほど必死になっていたのに、ここでは何の役にも立たない。なぜ、この世界に呼ばれたのかも意味がわからない。デザイナーを目指していたのに。その未来が急に閉ざされてしまったのだ。

改めて現実を突きつけられ、急に目の前が真っ暗になってしまった。堰《せき》を切ったように唇から弱気な言葉が零れだす。

「……どうしよう。どうしたら元の世界に帰れるんだろう。知り合いもいないし、ひとりで異世界にきてしまうなんて。なんでこんなことになったんだろう」

ここが異世界であることを理解しようとすればするほど、晃はまたひとり混乱の渦に巻き込まれそうになる。

「混乱も無理はないだろうが。今夜はひとまずゆっくり休め。また明日になったらおまえの今後の処遇《しょぐう》を考える」

アロイスは淡々とそう言った。あたりまえだが、すぐに彼の信頼を得ることは難しいだろう。野盗から助けられただけでよかったと思うしかない。

それから晃は双璧の騎士に囲まれるようにし、用意された部屋に案内されたのだった。

§　3章　国王との交渉

陽の光が瞼の裏を染め上げ、晃はゆっくりと覚醒した。

そのまま気だるさに身を任せようとしていたところ、ハッとして起き上がった。

「夢、じゃない」

目覚めたら元の世界に戻っている、ということを期待した。

しかしそれは鮮やかなまでに裏切られた。

昨晩、豪奢なベッドに横たわったあと、しばらく眠れずに寝返りを打っていたが、疲労感が手伝っていつのまにか睡魔《すいま》に誘われたらしい。

カーテンの外から漏れる光の強さを感じると、だいぶ陽が高く上っているように思う。

（そういえば、昨日の夜は、あのあと……）

ナイトプールのような雰囲気のラグジュアリーな湯殿に案内され、メイドに身を調《ととの》えてもらったあと、新しい着替えを用意された。元の洋服は洗濯をしてくれたらしい。没収された鞄はそこに置かれていた。

　念のため中身を確認したが、なくなっていたものはなかった。検められたものの疑わしいものは特にないと判断されたのだろう。所持品が守られたことに、晃はほっと胸を撫で下ろした。

（これからどうしたらいいんだろう）

　晃は鬱屈《うっくつ》した気分でため息をつく。

　部屋にひとり引きこもっていてもはじまらないとはいえ、広い王宮の中を自由に動いていいとは言われていない。投獄されて尋問されたりしていないだけマシだけれど、根本的な解決には至っていない。

　晃はふと想像してみる。

　例えば、この国を出て国境を目指したら、どこかまた別の国に繋がっているのだろうか。そうして放浪《ほうろう》の末に、元いた日本にたどり着くことができるのだろうか。

（金も食料も何もかも持たない身なのに無謀《むぼう》すぎる）

　大体、船舶や飛行機があるのかもわからない。馬車や騎士のいる世界だ。車だってないかもしれない。あてもなく彷徨《さまよ》った末に野垂れ死ぬ光景が目に浮かぶ。

　すると、思い出したかのように腹から情けない声がぎゅうと絞り出された。ここに来る前に食事をしたのは学食でのランチが最後だった。

そのとき、不意に壁に駆けられた絵画に目を奪われた。

「これは……ひょっとして世界地図？」

晃は導かれるかのようにベッドから起き上がり、地図を確認する。

眺めてみると、自分の生きてきた世界地図とはまったく異なるものだった。日本列島は見当たらないし、それどころかアジア大陸やヨーロッパやアメリカなどといった国も見当たらない。知らない地名が暗号のような文字で綴られている。

（ひょっとしてこれがこの世界の地図なのかな？）

そうだとしたら、タンザナイト王国と言っていたけれど、どのあたりに位置するのだろう。

想像を膨らませていたところに突如ノックの音が響いた。

「は、はい」

「失礼します。お食事の準備ができましたので、食堂までお越しください」

部屋に入ってきたメイドが恭《うやうや》しく礼をする。晃はおずおずと頭を下げた。

この国ならではの食事のマナーなんかもあるのだろうか。専門学校では西洋風のマナー講座が一般教養科目の課程にあったけれど、果たしてそれが通用するだろうか。失礼なことをしてますます疑われるのだけは避けたいのだが。晃はそんなことをぼんやりと思った。

手早く着替えて食堂に移動すると、メイドが席へ案内してくれた。

所在なげにきょろきょろと周りを見渡していると、少し遅れてアロイスが現れ、晃は弾かれたようにピンと背筋を伸ばした。

アロイスは玉座にいたときよりも簡易な衣装に身を包んでいる。とはいえ、それでも王族の気品が損なわれるわけでもなく、朝の太陽に負けないくらい眩い輝きを見せている。

「目覚めはどうだ」

「は、はい。泊めてくださりありがとうございました。おかげさまでゆっくり休めました」

「そうか」

アロイスは一言だけ言った。その声音は最初に会ったときと変わらず涼しげだ。そして彼がまとうオーラは常に冷徹《れいてつ》で愛想がない。彼にはどこか神話を模した宗教画に描かれる人物のように浮世離れした雰囲気があり、創られたように整った顔をしているからますます冷たく見える部分もあるのだろうか。

晃はまたうっかり吸い寄せられるようにアロイスを見つめてしまう。彼を見ていると、元の世界の専門学校で自分が制作した衣装をマネキンに着せたときの恍惚《こうこつ》とした気持ちを思い出させられるのだ。

けれど、呑気に見惚れている場合ではないし、現実逃避ばかりもしていられない。これから自分がここにいなければならないのならば、異世界にやってきたことは間違いないと捉えておくべきだ。その上で、さっき憂いていたことを思い浮かべ、晃は緊張しつつアロイスに声をかけた。

「陛下、改めて僕の話を聞いていただけないでしょうか?」

「なんだ。言ってみればいい」

話は聞いてやるが、取り合うかどうかはわからない、と窺うような目を向けられているのを感じる。怪しい人物だという疑いが晴れたわけではないし、その反応は当然だろう。

晃は言葉を選びながら話を続けた。

「きっと僕は異なる世界からここに来たのは間違いありません。ですが、僕は陛下が期待しているような特別な能力を持っているわけではありません。ただ、いくら僕がそう主張したとしても無いものを証明するのは難しいことです。検証までに時間がかかるのであれば、その間、何か僕にでもお役に立てることはないでしょうか? 元の世界に戻れるまで置いてもらいたいのです」

「なるほど。おまえは自分の身の潔白を主張した上で、件の予言の異国の旅人とは無関係だった場合でも身を放り出されないためになんらかの役に立ち、その対価を要求しているということか？」

試すような視線に、晃は震えそうになるのを必死に耐えた。無実である上に、異国の旅人が晃のことであるかもわからない状況では、必要以上に見くびられてはいけない気がした。

「……はい」

もっといえば、元の世界に戻れるきっかけはないか、調査に協力してもらえたらいいのだが、今はとにかく身の安全がほしい。そのために何かを要求されるのならば、それに応じたいと考えていた。

一方、アロイスは晃の焦りを察したのか、何か思案するような様子を見せた。しかし相変わらずそのクールな顔立ちからは感情が見えにくい。

「こちらもおまえの処遇について側近たちと話をしていたところだが――」

そのとき、腹の音が盛大に鳴った。静謐な場所で真面目な話をしている最中だというのに恥ずかしすぎる。なんて間の悪い。呑気なやつだと思われたらどうする！

晃は耳までせり上がる熱を感じながら腹のあたりを押さえた。

「す、すみません。ここへ来る前から、ずっと、何も食べてなくて……」

言い訳がましいけれど、それでも一言告げておきたい。

「今さら急いても仕方ない。まずは食事を済ませることからだな」

戦意喪失したといわんばかりに、アロイスは小さくため息をつく。

話の腰を折ってしまい大事な話の続きを聞きそびれてしまった。せっかくの交渉の機会だったというのに。

アロイスはとっくに気がそがれたらしく黙ったまま食事の続きを進めてしまっている。晃はテーブルの前に並べられたスープ、ハム、パン、サラダなどを眺めた。食事はこれといって特殊なものではなく、晃にも馴染みのあるもののようだ。

「今は何も気にする必要はない。好きなように手をつけるといい」

晃の窺うような視線が鬱陶しかったのか、アロイスは煩わしそうにそう言った。

「す、すみません。じゃあ、いただきます」

これ以上機嫌を損ねてしまう前に手をつけよう。晃はジャムをつけたパンをひとちぎりして口に入れた。そして野菜のようなハーブが刻まれたスープを流し込む。

そのとき、突然、誰かの大声が割って入った。

「大変、どちらに行かれたのでしょう？」

女性の声だった。

「目を離したつもりはなかったのですが」

「まあ。早く、追いかけませんと！」

なにやらメイド達がバタバタと駆けまわっている様子だ。

（そういえば……控室に通されたときも、こんなことが……）

ふと、晃はあの天使のように愛らしい小さな男の子のことを思い出していた。

「どうした。朝から騒々しいぞ」

見かねたらしいアロイスが咎めるように声を出すと、メイド達は飛び上がる勢いで恐縮した。

「も、申し訳ございません。陛下が大切なお客様とお食事中のときに……どうかお許しくださいませ」

メイドは平謝りといったふうに小さくなる。しかし彼女達の目線は別の方を辿っている。国王よりもそちらの方が気にかかるなんてよほどのことに違いない。

「何があった」

「じ、実は、ルーン殿下がまたどこかへ隠れてしまわれて……」

困惑するメイドを尻目に、アロイスは弾かれたように視線を落とした。何かを見つけたらしい。

「あ……っ」

晃は思わずといったふうに声を上げた。

いつの間にか、あの小さな男の子がテーブルの下にもぐるように隠れ、アロイスのすぐ側にきていたのだ。

その小さな男の子は、アロイスの衣をきゅっと握り締めながらばつの悪そうな表情を浮かべ、上目遣いをしている。

「ちち、うえ」

たどたどしく呼ばれたその声に、アロイスは応える。

「なんだ、おまえを世話してくれるメイド達を困らせるものではないぞ。私に会いたくなってしまったのか？」

アロイスは男の子の髪をやさしく撫で、それから穏やかに諭《さと》す。

晃はアロイスの見たことのない穏やかな表情に驚いた。第一印象のときから彼を怒らせたら氷漬けにされてしまいそうな、絶対零度……という言葉が似合う人だと思っていた。

男の子はこくりと頷き、瞳を濡らしている。やっぱりこうして見ると、天使のように愛らしい、という表現が似合う子。こんなにも可愛いのだから、それはいくら冷徹なアロイスだろうと、うっかり表情を溶かしても仕方ないと思ってしまう。

「ん、父上……ということは」

思わず口を突いて出てしまった。さっきメイドは殿下、と呼んでいた。

「ああ、ルーンは私の息子だ」

アロイスはそう言い、愛おしそうに目を細めた。

つまりこの男の子はこの国の王子ということになる。どうりで、小さな男の子に気品を感じたのにも頷けた。

晃はアロイスとルーンを見比べた。確かに親子はとても似ている。なるほど、アロイスは父親としての顔を覗かせるときだけはこんな感じなのだろうか。そのギャップに関心を奪われてから、晃は改めてルーンを見た。

「こんにちは、ルーン殿下」

晃が声をかけると、アーモンド型の丸い目がじぃっとこちらを見た。警戒と好奇心とが半々といった様子で晃を観察している様子は、やはり最初に見たときと同じく、まるで子猫のようだ。

「ルーン、彼はコウ。異国から訪れた私の客人だ。挨拶しなさい」

ゆったりとした口調でアロイスが説明する。

ルーンの目は晃から離れない。ただ、何かを口にすることはなく、生まれたての小動物のように震えながら、好奇に満ちた目で観察をしているようでもある。

「ええと……」

晃はどう対応していいかわからず、ルーンと同じようにただ目が離せずにその場で硬直していた。

「これは控えめな性格で、我々は少々手を焼いているのだ」

アロイスがため息をつく。

「僕のことは構いません。殿下はまだ幼いですし……」

「しかしおまえのことがどうも気になっている様子だ。ルーンはあまり人に興味を寄せることは少ないのだが」

アロイスは戸惑ったように言った。彼のいうとおり、なぜかルーンからは好奇心に満ち溢れた眼差しを向けられ続けていて、晃は戸惑っていた。

「珍しいからでしょうか。髪の色も含めて」

「どうであろうな」

と言いつつ、アロイスは慈《いつく》しみを込めてルーンの髪を撫で、王子の淡雪のような白い頬にキスをした。愛しさが溢れるようなその様子は、一国の王とはまた違う、一人の父の顔だった。

アロイスのギャップにどぎまぎしたのも束の間。

ふと、自分の両親のことが思いうかんだ。

アロイスのように子どもの個性を真正面から受け入れてくれる存在だったなら。そんな益体《やくたい》もないことを想像してしまう。しかし考えても無駄だ。現状からすると、家族にはもう二度と会えないかもしれないのだから。

本当なら、卒業制作のイベントが終わったら、卒業前にきちんと就職が決まったことを報告するつもりでいた。認めてもらいたい一心で頑張ってきたつもりだ。決別したまま本当の別れになってしまうのだろうか。心のどこかでまだ両親のことが引っかかっていることを改めて思い知らされる。

視線を感じて、晃はハッとした。

ルーンが晃を見つめていたのだ。何かを言いたげに円らな瞳を濡らしている。そしてアロイスから離れると、晃の傍にきてちょんちょんと服を引っ張る。そのまま離れようとしない。

「えっと」

晃は首を傾げた。

ルーンはもごもごと口を動かしている。けれど、何かを言葉にすることなく俯く。ただ、晃の服を掴んだままだった。

クリームパンのような小さなえくぼのついた可愛い手がきゅっと何かを訴えるように握りしめてくる。その仕草に突き動かされるように、晃の胸がきゅんとした音を立てる。

「はは……しゃま」

ルーンはそんなふうに小さく口にしたものの顔を隠してしまった。

晃はしばし考える。今、なんて言ったのだろうか。

すると、アロイスがはっと息を呑むような顔をした。

「コウ、先ほどの話の続きだ。おまえの今後の処遇について検討していたのだが……」

「は、はい」

弾かれたように晃は顔を上げ、身を正す。

「城にいる間、ルーンの世話係をやってもらう」

思いがけない待遇に、晃は目を丸くする。

改めてルーンを見ると、潤んだ瞳のまま晃を見つめていた。

「えっ。そんな。あの、そんな大事な役目を僕が!?」

「これは決定事項だ」

「で、ですが……」

世継ぎである王子の世話係など大役にも程がある。恐れ多いどころではない。あまりにも不相応すぎる。

無礼があれば許すまじと、あの強面の騎士クロードの険しい叱責がすかさず飛んできそうな気がして震えてしまう。想像したら体温が一気に下がった気がした。

「おまえは自分の身の潔白を主張していたはずだが」

「そ、それは勿論です」

「異国の旅人については引き続き議論を重ねるつもりだが、もしもおまえに関係することなのであれば、こちらは異国の旅人をもてなさなくてはならない掟《おきて》があるのだ」

つまり、信頼を得たわけではなく、晃に対して不服に思うところがあっても、掟を優先するということを言いたいのだろうか。それほどまでに重要視される予言とは一体どんなものなのだろう。言い換えれば、それほどにまで頼りたい『願い』が何かあるのだろうか。

「無論、護衛は常に側に置く。ルーンを守るためにな。常に監視下に置かれていると思え。この件は側近にも共有し、私の責任で許可を出すのだ。何も問題ではない」

「ほんとうにいいのですか？」

「おまえに選択権はないはずだ。それとも、他に、交渉できるカードを持っているのか？」

そう言われてしまうと何も反論できない。

アロイスが言えば、きっと周りは頷くのかもしれない。だが、きっと納得しない者だっているだろう。

「監視されるのは当然だと思います。何かを命じられるのも構いません。ここに置いてもらうためにはなんでもやるつもりでした。ただ、本当に不相応だと思ったのです。もっと雑用係でよいかと……」

晃がそう言うと、アロイスは冷たい目を向けてきた。

「おまえの方こそ、思い上がるな。雑用をしていればそれで済むと思っているのか？」

「……そ、そんなつもりでは」

「確かに荷が重たい話だ。おまえとしては逃げたくなるだろう」

「……っ」

「だからこそ、身の潔白を証明する機会を得られたと思えないか？」

「たしかに、何かあれば……僕は責任を負わなければなりません。それだけの覚悟を持って臨《のぞ》めということでしょうか」

「対価を得たいのであればな。その代わり、こちらもおまえの置かれている状況についてしっかりと調査し、おまえが知りたいと思うことを共有してもいい」

「本当ですか？」

晃は思わず身を乗り出した。

「無論、おまえが任務を放棄しないと約束するのであれば、だ」

それについて即答はできなかった。

「私もおまえをただ試したいだけではない。何か、ルーンはおまえに感じるものがあるようだ。メイドには甘えるそぶりは一度も見せたことがないというのにおまえからは離れようとしない。その理由が気になるというのもあるが……ルーンのためでもある」

アロイスの言う通り、ルーンは晃にしがみついたまま甘えるように身を寄せてくる。

一体どうしたというのだろう。言葉を発しないから、出会ったばかりの晃には推しはかることができない。

「僕は命じられれば受け入れざるを得ません。やれることはやります。ですが、殿下にとっては僕のことが物珍しいから、たまたま興味を示しただけかもしれませんよ」

なんとか断る口実を探そうとするもののいい案が思い浮かばない。なにしろ晃はここではただの居候《いそうろう》なのだ。もっとも要求をのまなければ追い出すと言われれば、従う他にないのだが。

「直感というものを私は大事に考えている。しかし、おまえの頑固《がんこ》さもなかなかのものだな。いや、謙虚《けんきょ》さというべきか？」

アロイスは苦笑したあと、少し表情を曇らせ、ルーンの様子を眺めながら話を続けた。

「いいだろう。ここまで話したのならば、正直な話をしようか。城の者は皆、ルーンのこうした行動に手を焼いている。ルーンは我がタンザナイト王国の世継ぎとなる者。幼いからと、いつまでも甘えることは許されない。このままでは我が国の先行きを不安視されるのも無理はないだろう」

その話を聞いて、晃は自分に課された重圧に苦しんだ過去を思い浮かべた。それとは比べ物にならないくらい、ルーンはこんなに小さなうちから王位を継承する者としての重責《じゅうせき》を担《にな》っているのだ。

気の毒と簡単には思ってはいけないのかもしれない。一時的な感情で甘やかすことはルーンのためにならないことなのかもしれない。アロイスが温厚な父の顔から冷徹な王の顔へと変わったのを見て、晃はそう思い直す。

「何か突破口があれば……と私は常々考えていた。そこにおまえが現れた。不思議な力を持たないとおまえは言っていたが、窮地にいた我々の前に現れたこの機会をただの偶然とは思えない。私としてはこの直感に賭けてみたい気持ちがある。そういうことだ」

言い換えれば、それほど切羽詰まっている状況だということなのだろう。なるほど、それが、王の『願い』ということなら納得ができた。

「……と同時に、先ほど告げたとおり、我々はおまえが信用するに値《あたい》するかどうか見極《みきわ》めたい。一方、おまえにとっても我々の信頼を得る機会になるだろう」

アロイスの視線に射貫かれ、晃は息を呑む。

これは頼みごとでも命令でもない。譲歩してくれた上での交渉なのだ、と察した。これ以上の話はないだろう。

「ルーンの世話係をやるならば、期限を設けることなく好きなだけここにいていい。元の世界に帰る方法が見つかるまで、城の中を自由に歩くことを許可してやる。また、私もできる限りの協力をする。これならば文句はないだろう?」

アロイスのいうとおり、これは今後の身のふり方を考えるためにも必要なことかもしれない。信頼を得ておいて損はない。無論、ルーンに何かがあれば責任を問われる。引き締めてかからなければならない。天秤《てんびん》にかけるには重すぎる任務だ。しかしこの世界に身ひとつで放り出された晃に選択肢などもはや残っていない。

「陛下の仰るとおり、僕にとっては申し分のないご温情です。ただ、僕はタンザナイト王国のことも歴史も地理も文化もマナーも所作も何も知りません。信頼を得るために任されたことはしっかりやりたいと思います。そのためにも先ずは、僕に指導していただけないでしょうか。ルーン殿下に対するヒントを得ることができるかもしれないですし、何か元の世界と繋がる糸口に触れることもできるかもしれませんし……色々と勉強は必要かと」

アロイスはじっと晃を見ている。

獣に睨まれた小動物とはこんな気分なのだろうか。晃の背中にえもいわれぬ緊張が走った。

「あ、厚かましいお願いだったでしょうか」

沈黙に耐えかねて晃はおそるおそる唇を開く。

「いや、構わない。おまえの言うことは一理ある。メイドに様子は見させ、学習面については教師をつけることにする。それで構わないな？」

「あ、ありがとうございます。僕に何ができるか今はまだわかりませんが、ここに置いて下さる分、何か少しでもお役に立てるように努めたいと思います」

晃の答えにアロイスが胸を撫で下ろす。その様子からは彼にも抱えるものが多くあるのだろうとうかがえた。

一方、ルーンが期待に瞳を潤ませ、頬を染めていた。くしゃりと崩れた笑顔はますます愛らしい。さっき感じたキュンとした保護欲に支配されてしまう。何か役割を与えてほしいと願い出たものの、まさかルーン殿下の世話係を任命されるとは思わなかった。

しかしこれで身の安全はしばらく保証されたのだ。しかも帰る方法が見つかるようにアロイスも協力すると言ってくれている。甘んじて受け入れるほかにない。

それから――。

アロイスは公務に戻る前に、さっそくルーンの部屋へと案内してくれた。

到着するまでに通り過ぎた部屋についても説明してくれた。

祝宴などに使われる大広間、賓客《ひんきゃく》をもてなす応接間、重臣たちが集まる会議室などの公的な場所。それらは宮殿の中心そして二階にある。そして王族の部屋は王宮の三階の奥の方に位置してあり、ルーンの部屋は一番端に位置するらしい。

(すごいな。一日じゃとてもまわりきれない規模だ……)

ルーンの部屋の前に到着すると、年若い騎士が待機していた。双璧の騎士に比べると初々《ういうい》しいフレッシュさを感じる。なんとなく親近感を抱きやすい雰囲気がある。

「コウ、彼はディオン・マイヤール。ルーンの護衛騎士だ。主に私が公務の時にルーンの側で護衛についている。普段はメイド達が世話をしているんだが……」

と、アロイスは言い辛そうにする。

察したらしいディオンは気遣わしげに微笑んだ。

「ルーン殿下が無事に見つかったようで何よりです」

「客人を案内するまでの間、しばしルーンのことを見ていてくれ」

「承知しました」

「ディオン、おまえにも説明しておこう。この者、コウ・ルリカワはルーンの世話役の一人となった。とはいえ、まだ不慣れな客人だ。見たところ年も近い頃なのではないかと思う。何かあればコウの力になってやってくれ」

「はい。仰《おお》せのままに」

よろしく、とディオンは握手を求める。コウはその硬い手を握り返した。

少しずつ知り合いが増えていく。味方のパーティーが増えていくような心強さを感じる一方、部外者である自分の無能さがますます浮き彫りになっていくような心もとなさを感じていた。

見させてもらったルーンの部屋の中は晃が想像していたような子ども部屋という雰囲気ではなく、やはり貴族らしい洗練された豪奢な造りをしていた。王子なら当たり前なのかもしれないけれど、少しだけ寂しい印象を抱く。余計なお節介《せっかい》かもしれないが、もっと温かみのある装飾や置物があってもよさそうに思えた。

もう少し時間があるからせっかくなら案内しようとアロイスが言ってくれたので、晃は引き続きアロイスに付き従った。

今度は階下に降りていき、主に使用人達や侍従達などが関わる棟の一階へと移動し、キッチン、ランドリー、それから剣技場などを見学した。

「今日のところはこのあたりにしよう」

悠然と案内してくれていたアロイスがそこで一旦歩みを止める。

晃は即座に頷く。とても一日でまわりきれないのは見ていてわかるし、実際こちらもすぐに覚えられるかというと全く自信がない。

「お忙しいところありがとうございました」

「では、最後にこの部屋を見せておく」

そうして案内されたところは膨大な数の衣装が並んだ、衣装部屋だった。部屋といっていいのか、ホール一室分くらいの広さがある。衣装がずらりと吊り下げられてあり、棚の上から下までぎっしり生地が収納されており、足元には靴が並んでいた。引き出しには小物類が仕舞われているのかもしれない。奥まったところには工房のような制作場所が設えられていた。

圧巻の光景に、晃は久方ぶりに胸を躍らせた。

こんなに贅沢な生地の数々見たことがない。これで衣装を作れたら……そんなふうにたちまち夢が膨らんだ。

「すごい……この衣装はここで仕立てているということでしょうか？」

興奮を抑えきれずに思わず尋ねると、アロイスは押し黙った。彼はどこか遠い目をしている。ひょっとして聞いてはいけないことだっただろうか。一言詫《わ》びようとすると、アロイスは首を横に振った。

「昔は専属の衣装係がいた。仕立て職人と針子《はりこ》も働いていたのだが、今は、必要なときだけ王室で贔屓《ひいき》にしている仕立て屋を王都から呼びつけている」

「そうなんですね」

晃はつい想像してしまった。

もしも元の世界に戻れないままだったら、どこかの工房に弟子入りをして服飾の道に進むことを考えられないだろうか、と。

「裁縫が得意だと言っていただろう。服飾に興味があるのではないか？」

アロイスは晃の様子を窺っていた。

「僕はここに来る前、元の世界では……服のデザインを描いて自分で作る仕事をしたいと思っていました」

「おまえの家は仕立て屋ということか？」

今度押し黙るのは晃の方だった。

家のことをすんなり説明するのはなかなか難しい。

察してくれたのか否《いな》か、アロイスは追及することはなかった。

「興味があるのなら、時間のあるときに裁縫をしても構わない。使いたい生地があるのなら好きにしていい。私が許可してあると伝えておく」

「えっ。いいんですか?」

晃は弾かれたように顔を上げ、アロイスを見つめた。そんな気前のいい話があっていいはずがなかった。

「これも対価の一部と考えればいい」

アロイスがまさかそこまで許してくれるとは思わず、晃は驚いた。

「そんな。僕にとってはここに置いてもらうだけでもありがたい話なのに」

すっかり舞い上がってしまっていたが、これも何か試されているのだろうか。

「ふん。おまえの謙虚な姿勢には舌を巻く。恐縮だというのならば、ここで我々の衣装を作ってもらおうか?」

嫌味を交えた、冷徹な表情の中に悪戯《いたずら》な瞳を覗かせたアロイスにドキリとする。普段の国王の顔とはまた違った、年相応の若い青年のようだった。

(こんな顔もするんだ……)

秘密を知ったみたいで、鼓動が速くなっていく。

「さすがに恐れ多いです」

ドキドキとしながら、晃はかぶりを振る。するとアロイスは意地悪な表情で、くすりと笑う。

「無論、こちらとしても半端なものを受け取るわけにはいかない。おまえの腕がどんなものか知らない内にはな」

「そ、そうですよね。好きであることと一流であることは別です。僕はまだまだ勉強の身でしたから……」

卒業の前にこの異世界へと誘われた。無論それはアロイスの言い分であり、そこになんの意味があるのかは晃にはわからない。

「余談が過ぎた。おまえはどこか自分の価値を認めようとしない節があるようだ。その割には好奇心だけは旺盛《おうせい》というところか。なぜそう卑下《ひげ》することがある？」

「もちろん、自分なりに誇りはあります。好きな気持ちだけは誰にも負けないつもりです。才能があるかどうかはわかりません。技術が追いつくかどうかも。でも、僕からデザインや服飾の道をとったら、あとには何も残らないかもしれない。それぐらいに考えているんです」

アロイスに追及され、晃はつい本音を漏らした。今そんなことを打ち明けたところでどうしようもないというのに気付いたら口にしていた。

「ああ、貪欲な探求心は成長の糧になる。ルーンがおまえに何かを感じたのは……おまえと似ている部分があるからかもしれない。だから、ルーンの心を開く鍵になるのではないかと、おまえを試す気になったんだ」

アロイスの普段はクールな眼差しが僅かに和らぐ。ともすれば、愛おしさが込められているようにも感じられて、晃の鼓動は騒がしくなる。

なぜ、そんな目で見るのだろうか。晃の中にルーンと通じるものを見つけたからなのだろうか。しかしルーンを気にかけている以上に、何かがアロイスの中にあるようにも思える。

疑念は晴れていないことはわかっているが、その割には色々と気にかけてくれているところを感じると、少なくとも嫌われてはいなさそうだ。もしもこの先、アロイスに気に入られるようになったら、彼はもっと甘い眼差しを向けてくれることもあるのだろうか。そんな淡い期待が光の泡のように次々に浮かんできてしまう。

しかしアロイスが眉根を寄せたのを見て、晃はハッとした。彼をあまりに見過ぎていた。不埒《ふらち》な感情を振り払いつつ、晃はアロイスに尋ねた。

「以前にも、僕に似たような旅人が迷い込んできたりしたのでしょうか？」

見当違いかもしれないが、初対面の時からここまで温情をかけられる理由がわからない。異国からの旅人を待っていたというだけではない何かが、そこには在る気がしたのだ。

「さあな」

アロイスは肯定も否定もしない。だからそれ以上、晃も言及はしなかった。

ただ、アロイスの表情には寂しそうな色が浮かんでいた。そんなアロイスの表情がいつまでも頭から離れなかった。

§　4章　王子の世話係

ルーンの世話係は翌日から頼む、とアロイスに言われたとおり、晃は次の日は早く起きて身支度を整え、ルーンの部屋へ向かった。晃が着ている服はメイドが用意してくれた貴族の官僚が着るような宮廷服だ。この世界に飛ばされてから三日目のことだった。

しかし晃はさっそく途方に暮れている。

（具体的に……王子の相手って何をすればいいんだろう。保育士になったつもりでいればいいのかな）

メイドがフォローするという話だったので、そのあたりは安心なのだが。子どもとはいえ相手は一国の王子だ。緊張は拭えない。

近衛兵が待機する部屋の前に行くと、既に話は通っていたらしかった。ノックをしてから扉を開いてもらい、中へと歩みを進める。

緊張に身を包みつつ自己紹介をしようと声を整えていたところだったが、なにやら様子がおかしい。三人のメイドがルーンのベッドの前でおろおろしていた。

「どうしたんですか？」

「せっかく来ていただいたところ申し訳ありません。実は、ルーン殿下がお着替えを嫌がられてしまって」

「お風邪を召されますよ」

　メイドの悲鳴のような声が聞こえる。

「……いやだ！　おまえたち、あっち、いけ！」

「服が気に入らないんでしょうか？　それともどこかへ出るのが嫌なんでしょうか」

「あるいは、そのどちらも……かもしれませんね」

　メイドたちの困り果てた表情を見るに、だいぶ格闘した様子であるようだ。日常茶飯事だということが窺える。

「こんなことがいつまで続くのでしょうね」

「ああ、王妃殿下がご健在《けんざい》であれば……」

「しっ。それは禁句でしょう。ルーン殿下がますます気にされるわ」

　王妃が健在ではない、つまり亡くなったということ――。

　晃はアロイスがルーンについて語ったときの、どこか憂いを帯びた表情を思い浮かべる。

（あの表情は、そういうことだったのかな）

王子のことは紹介されたが、王妃のことには一切触れられなかった。昔は専属の衣装係がついていたというのは、つまり王妃のためにも必要だったからだろう。しかし亡くなったのならその必要はない。以降はずっとあのまま倉庫のようになっていたということだろうか。

アロイスとルーンの時間は、ひょっとしたらその時からずっと止まっているのかもしれない。心が前に動かなければ、人の時間は滞ってしまうものだ。

晃は改めてルーンの方を見た。

（ルーン王子にも母親がいない寂しさがあるのかな。それで、心を閉ざしているのかも？）

ルーンはベッドの隅に丸くなってまるで雪だるまのようにシーツをかぶっている。見ているだけならマスコットのようで可愛いが、そのままにしておくのはいたたまれない。とはいえ、むりやりに振り向かせるのは違う気がした。

それならどうしたものかと晃は思案する。押し付けて着せようとしても嫌がられるだけだし、ますます状況はよくない方に動くかもしれない。

晃は幼少の頃に読んだ、北風と太陽という物語を思い浮かべていた。北風と太陽のどちらが早く旅人のコートを脱がせることができるか、というストーリーなのだが、無理矢理脱がせるように吹きつける北風よりも、あたたかく照らしていた太陽の方が優位だったという。

つまり、どうしたら服を着せられるか、ではなく、どうしたら服を着たくなるような気持ちにさせることができるかを考えるべきではないだろうか。根本的なことを解決しなければ意味はない気がした。

（何か、興味を示すもの、何か、心を動かすもの……ちょっとでもいい、きっかけになるものがあれば……）

「あっ」

そうだ、と晃は閃く。

「何か描くものはありませんか？」

「それならこちらに」

メイドはドローイングデスクの上にあった羽根ペンと羊毛紙の方を見る。

「できれば、色鉛筆はありませんか？」

ここがどんな異世界かはわからないけれど、元の世界の十九世紀にはもう欧州で色鉛筆は発売されているはずだ。

「ございますが、宮廷画家に借りてこなければなりません」

「すぐに借りられますか？」

「必要ならば行って参りますわ。ただ、少し時間はかかると思いますわ。念のため各々に事情を説明しないといけませんし……」

メイド達は困惑している。彼女らを困らせるのは本意ではない。

どうしようか。

そのとき、晃は閃《ひらめ》く。唯一、自分が元の世界から連れてきた相棒の鞄のことだ。

「そうだ、鞄！　ちょっとだけ待っていてください」

晃は急ぎ自室に戻って元の世界から一緒にやってきた相棒の鞄を開き、一冊のノートと、デザイン案のスケッチ用に使っていた色鉛筆セットを取り出した。

（入れておいてよかった！）

すぐにルーンの部屋に戻って、さっそく晃はノートを開く。

息が整わない中、気が逸るままにまっさらな白い紙の上に色鉛筆を滑らせた。

メイドたちは顔を見合わせる。その間に、雪だるま化していたルーンが布の合わせを緩め、興味深そうにこちらに視線をよこす。その視線を感じながら、晃はカラフルな絵を描く。

洋服のデッサンではない。子どもが好きな動物や花や空や海などのイラストだった。

「ねぇ、ルーン殿下がベッドから降りられたわ！」

「しっ。様子を見てみましょうよ」

晃もあえて気付かないふりをする。ルーンはマントのようにシーツをかぶったまま、とことこと覚束《おぼつか》ない様子でやってくると、期待した通りに、晃の手元を覗き込んできた。

ルーンの瞳がきらきらと宝石のように輝く。晃の手が止まると、ただ見ているだけでは物足りなくなったらしく、とうとう晃の膝の上にのっそりと座って顔を見上げてきた。

「もっと……」

「はい、なんでしょう？」

「かける、か？」

期待に満ちた純粋な眼差しが注がれる。その期待を裏切りたくないと晃は思った。

「もちろんです。ルーン殿下」

晃はルーンにやさしく微笑みかける。ルーンは嬉しそうに頬を染めて、晃の手元を催促するようにじっと見つめた。

シーツに包まっていた雪だるまのようなルーンを見て、晃は昔見たことのある絵本を思い浮かべた。

それは、双子のクマが色違いの赤と青のマフラーをそれぞれ巻いて初めての雪山をおりていく話。雪景色に嬉しくなって駆けていくとそのまま二匹のクマは足を滑らせてごろごろと転がっていってしまう。やがてクマは雪だるま状態になってスノーマンになってしまうという絵だ。その後、マフラーの色に気付いた両親に助けられてあたたかい洋服を着るまでがストーリーになっている。

ストーリーをなぞるように絵を書いている間、ルーンはシーツに包まったまま夢中になって晃の話を聞いていた。導入としては成功だったらしい。

それなら次はどうしたらいいだろう。話すのをやめれば、きっとルーンはまた雪だるま状態になってベッドにもぐりこんでしまう気がした。

そこで晃は、鞄のなかにある余っていた布や綿と裁縫道具を横に置いて、簡易的なぬいぐるみを作ることにした。

「今から絵に描いたこの子たちを召喚しますね」

小さなものならそんなに時間をかけなくても作れる。

「危ないので少し殿下を見ていていただいてもよろしいですか？」

「は、はい」

メイドが側に控えて様子を見てくれている間に、クマとスノーマンを作った。

そしてちょっとしたチョッキを作って、そこに並べて見せる。

――どうか、ルーン殿下が心を開いてくれますように。

晃はつよく願いを込める。

「まほう……？」

ルーンが目を輝かせて思わずといったふうに晃に尋ねた。

本当に魔法が使えるわけではないけれど、デザイナーは魔法使いのようだと、元の世界で思ったことを晃は振り返る。

「そうですよ。僕らは魔法使いです。こんなふうに絵を描いて、服を作って、その服を来た人が幸せになれるよう願っています。ルーン殿下、あなたが今、笑顔になってくださったように」

「……まほう、つかい」

「殿下にも魔法の力をわけて差し上げますね。さあ、メイドたちを笑顔にしてみませんか？」

ルーンは花のような笑顔を咲かせた。それから、おずおずとメイドの方を見る。あれほど着替えるのを嫌がっていたルーンはとうとう受け入れたのだ。

「きがえ、させろ」

尊大な態度はもしかしたら周りの真似をしたものかもしれない。つんとした感じではあったが、ルーンなりの歩み寄り方だったのだろう。

一方、メイド達はきょとんとしたあと、先ほどのルーンのように花のようにぱっと笑顔を咲かせた。

「まぁまぁ。かしこまりました。ルーン殿下！」

嬉しそうに声を弾ませたメイドたちにようやく関心がいったらしい。

ルーンは戸惑いつつも様子を窺っている。

「うれしい、か？」

「もちろんでございますよ。さあさあ、お召し変えいたしましょう」

メイド達は嬉しそうに声を弾ませ、それから晃に感謝を込めた視線をくれた。

晃はほっと胸を撫で下ろす一方、あたたかいものが心を満たしていくのを感じていた。

（よかった……）

晃はほっと胸を撫で下ろす。

子どもの相手とはいえ、一国の王子だ……そんなふうに思っていたけれど、実際は逆だった。一国の王子である以前に、ルーンは子どもなのだ。

「せんせ？」

「えっと、先生ではないけれど……」

くすぐったく感じて晃が頬を掻くと、ルーンはぶんぶんと首を横に振る。

「せんせ！」

「ルーン殿下がそうおっしゃるのなら……」

「まほう、せんせ」

ルーンが笑顔でそう言う。

（魔法、か……）

デザイナーはある意味、魔法使いなのだと、常々晃が思っていたことが、今になって胸に迫ってくる。ルーンの心を開きたくて行動したことではあったが、晃自身が初心に戻れた気がする。

「みごと、だった」

大人の言葉を真似たたどたどしさは、高貴なる王族の子であってもやはり微笑ましさを感じる。自然と晃の頬も緩んでしまう。

「勿体《もったい》ないお言葉です。殿下」

敬《うやま》うことだけは忘れずに、晃は心からの言葉をルーンに捧げるのだった。

午後になると、大体決まった時間にティータイムがある。一段落する頃にアロイスからお茶をしないかと誘われた。

ここの世界での食事はだいたい元の世界と同じように二食または三食という感じで、朝食にはパンにサラダといったものが出される。午後になると、いわゆるアフタヌーンティーの文化があるらしく、三段式のプレートに載せられたスイーツやサンドイッチと共に、紅茶を戴く。晃もその文化にならってティールームへと案内されたのだった。

（十九世紀から二十世紀くらいの世界を模した異世界なのかな……文化の発展はあるけれど、電化製品は当たり前のように見かけない）

晃はティールームに向かう間、王宮内へと視線を配らせた。

そんな中、ふと晃はいたたまれない気持ちになってしまった。

宮廷に仕える使用人達がこんなふうにゆったりと過ごしている姿は見ない。皆、忙しそうに務めを果たしている。王宮内に保護してもらえたことはありがたいが、こんなふうに特別ゲストみたいな扱いをされたまま滞在していいのだろうかと恐縮してしまう。

国王であるアロイスだって本当ならば政務で忙しいのに、晃のためにわざわざ時間を割いてくれているのだろう。

紅茶を一口飲んでから固まっていると、アロイスが声をかけていた。

「どうした？　気に入らなかったか？」

「とんでもないです。ただ……僕がこんなふうにいただいてもいいのかなと思ってしまって」

「コウは私の客人だ。加えてルーンの先生でもあるのだ。堂々としていればいい」

アロイスはいつもこちらの憂いを気持ちいいくらいに払ってくれる。

晃は肩を竦めつつ、ルーンに先生、と呼ばれたことを思い浮かべた。

「聞いたぞ。おまえのおかげでルーンが着替えをいやがらずにしたと。言葉もいくつか交わしたそうだな」

「はい。楽しそうにされていました」

ルーンの輝かんばりの笑顔を思い浮かべると、晃の表情は自然と綻ぶ。

「そうか。私の見立ては間違えていなかったようだ。その件については感謝する」

まさかアロイスからすんなり礼の言葉が出てくるとは思わなかった。目の前の麗《うるわ》しき王からの賞賛に、全身の血液が沸騰しそうなくらいの高揚感を抱いた。主君あるいは君主を慕う臣下の気持ちが少しだけ分かった気がした。

「そんな。僕は大したことはしていませんから……」

謙遜《けんそん》しつつも、まんざらではない気分であることも違いない。なんだか面映《おもは》ゆく、耳まで熱いものを感じてしまう。

そんな晃の落ち着かない様子が珍妙に映ったのか、アロイスはふっと声を立てた。

アロイスがルーンのことを案じているように、これから晃もまたアロイスの心を少しずつ開くことができたらいいと思う。交渉ごとは互いの信頼関係があってこそ成り立つものなのだから。

「コウ、おまえには言っておく。我が妃、すなわちルーンの母親エリーヌはもうこの世にはいない。ルーンが二歳の時に目の前で病《やまい》に倒れた。そのことがきっかけでルーンは心を病ませてしまったのかもしれない。ルーンはまもなく四歳になるが、繊細で賢い子なのだ」

「そう、でしたか」

その光景は想像に難《かた》くない。心が塞《ふさ》ぎこんでも仕方ないだろう。

約二年前……それは短いか長いか、人によって感じ方は異なるかもしれないが、大事な人を亡くした者にとってまだ立ち直れるような時期ではないことは容易にうかがえた。

「とはいえ、いつまでもこのままでいるわけにはいくまい」

アロイスは国王として厳しくなくてはならない部分と、父親として心配する部分で、葛藤しているに違いない。苦悶の表情を浮かべているアロイスからはそんなふうに伝わってくる。

「ここにいる間、引き続き力になってやってくれ」

「はい。もちろん、僕にできることがあれば」

晃が返答すると、アロイスは満足げに頷く。

アロイスからの信頼を得られたことは、晃としても嬉しく思う。

「そんなおまえに朗報だ。これよりひと月後、占い師がここを訪れる。何か元の世界に戻れる導をもらえるかもしれない」

「ひと月……」

先ほどの昂揚した気分とは一変して、晃は表情を硬くした。今日明日で解決できそうな問題ではないことくらいはわかるが、ひと月後にまだここにいる自分が想像できない。元の世界に戻った時にここで過ごした時間が反映されると仮定すると、既に卒業式を迎え、新入社員として働きはじめている時期だ。間に合わないかもしれない。

焦《あせ》りが伝わったのか、アロイスは晃に同情の目を向けた。

「一刻も早く戻りたい気持ちは理解している。何か他に気付いたことがあれば報告せよ、と側近にも目を配るように命じた。私も色々と調べてみよう」

「ありがとうございます。僕一人放り出されたままでは、どうしていいかわかりませんでした。陛下にここに置いてもらえて本当によかったです」

荒野に取り残された自分を思い出し、ぶるりと身震いが走る。目の前で温かな紅茶の湯気が立ち昇るのを眺め、晃はひとときの安堵を覚えた。

「しかし、すぐに帰れるかどうかの保証はない。それまで無期限で客人を引き留めることは、私の権限であっても難しくなる場合がある」

安堵から一転して、晃は身を縮めた。

不安な表情が伝わったのか、アロイスは申し訳なさそうに眉を下げた。

「客人に、あまり政治的な話をするつもりはなかったのだが、我が王室にも派閥《はばつ》というものがあるのだ。私の一存で、私を支える者たちが憂《う》き目に遭うことは望んではいない」

アロイスが案じるのは当然の話だ。あくまでアロイスの厚意で置いてもらっている。国王を支える立場にある王室の人達がよく思わない可能性もあるのだ。

「そう、ですよね」

晃だって自分のせいでアロイスや彼の周りの人達が困るようなことがあってはならないと思う。

「そこで、おまえにひとつ提案があるのだが……」

「なんでしょうか」

以前にもそんなことを言われたような気がして、また無理難題があるのではないかと、晃はちょっと構えてしまった。

「先日は冗談のような話で終わってしまったが、本格的にルーンの衣装を作ってみる気はないか？」

「え、僕が？　ルーン殿下の衣装を……？」

無理難題……に違いはないが、アロイスからの思いがけない提案に拍子抜けし、晃は目を丸くした。

「以前にも言っただろう。衣装係としての腕前が認められれば、私がここに置く価値がある者だという証明になる。おまえは好きなことをして堂々とここにいられる。私はルーンの世話係を得られる。双方に利点がある」

アロイスの言うことは一理《いちり》ある。

先ほど賞賛をいただいたとはいえ、まだ完全に信頼されたわけではない。だが、交渉の余地があると思われるくらいには信用してもらえつつあるのかもしれない。アロイス側の要求を通そうとするだけなら命令だけで事足りる話だ。けれど、彼は提案をしてきた。表情にこそあまり現れてはいないが、きっと身の置き場に困っている晃のこともおもんぱかってくれたのだろうということは晃にもわかった

「はい。御赦《おゆる》しいただけるのであれば、ぜひ挑戦させていただきたいです。具体的にはど

のようにすればよいのでしょう」

「近く、コンテストを開催する予定がある。ルーンの誕生日に合わせて公募するのだ」

「王室の衣装はいつも公募されるのでしょうか？」

「ああ、王妃エリーヌが亡くなってからしばらく開催は見送っていたのだが、本来は先代から続いている公的な年中行事なのだ。主に民《たみ》との交流を目的にしている」

「なるほど……」

「コンテストでは、デザインおよび製作した衣装で競い合ってもらう。審査には王族以外に腕利きの仕立て職人を呼ぶ。採用者には報奨金《ほうしょうきん》を出し、工房設立の資金を援助することもあれば、工房を持つ者ならば王室御用達《ごようたし》の工房として契約を交わすこともある。あるいは王室御用達の仕立て屋として召し抱えられることもある。かつては審査員の職人からスカウトされた者もいた。いずれにしても職人としての名誉になることは間違いないだろう」

それは容易に想像ができた。報奨金を手にし、自分の工房を持つことが可能になるなんて夢のある話だ。王室のお墨付きとなれば、その工房は繁盛間違いなしだろう。

「この度の公募は、ルーンの四歳の誕生日祝いに献上してもらう衣装となる予定だ」

「ルーン殿下の……」

「ルーンは二歳から四歳になるまで民の前に顔を出していない。大事な披露目《ひろめ》の場となるだろう。今までにないくらい注目されるに違いない」

　異世界に飛ばされたらしいという状況に頭が追いつかない中、義務だけに駆られる日々では晃としても不安なままだ。もしも採用されれば……という夢に胸が膨らむのを感じる。

　注目を浴びたいという欲求は特にない。だが、ここにただ漠然といるだけじゃなく、何かを手にすることを考えてもいいのではないだろうか。

　元の世界に戻れたとして、それがそのまま元の時間に戻れるかどうかもわからない。思えば、卒業制作のコンテストの開催を迎える前にここに飛ばされたのだ。何も成し遂げないまま、無駄な時間を過ごして後悔はしたくない。

「ただ忙しくなることは間違いない。おまえは勉学に励み、ルーンの世話をしながら、やり遂げられるか？」

「やります。やらせてください」

　やや前のめりだったかもしれない。図々しいかと思ったが、こみ上げてきた衝動を抑えることはできなかった。アロイスはそれを受け入れ、神々しく微笑んだ。

「エントリー方式で、受付の締め切りはまもなくだ。詳しくは補佐官に説明をさせよう。言っておくが、コンテスト本番では私の加護は受けられない。以前に言った通り、半端なものを出そうと思うな。正々堂々と競ってもらうからそのつもりでいてほしい」

「もちろんです」

自ずと返事に力が入った。

「参加者の権利に関わる部分は遠慮なく要求しろ。正当な主張であれば、こちらも助ける。作業部屋も別途与えよう。必要なものがあれば遠慮せずに言えばいい。これを、先ほどのルーンの件の褒賞代わりとさせてもらおうか」

「それは、有難きお言葉です」

アロイスの気前の良さそして懐の深さに感謝しつつ、晃は自分のためにも目の前の国王のためにもよい物を作ってみせようと鼓舞《こぶ》するのだった。

＊＊＊

一方、その頃――。

王宮内では別の動きがあった。

「陛下はなぜあの者に入れ込んでいるのでしょうか」

大臣の一人がアロイスと晃の親しげな様子を尻目に、疑問をつぶやく。

それに対し、王の右腕といわれる宰相《さいしょう》セザール・モーロラは淡々と答えた。

「なんでも異国からの旅人だという。元より占星術《せんせいじゅつ》を信じる我が国では、異なる者の訪れで吉凶《きっきょう》を視る。陛下はそれに習っただけのこと」

アロイスの擁護《ようご》をしながらも、セザールは心中穏やかではない表情をしていた。

「では、吉と見なしているということですか。それほどの期待を込められているとは。ますます気になりますね」

「……なんでもあの異国人はルーン殿下にうまく取り入ったようで、陛下によれば、殿下の世話係として側に置くことにしたという話だ」

セザールはふんと鼻を鳴らす。

「ルーン殿下といえば、お庭で散歩をしている姿を見かけた者がいたとか。外に出られるようになったのですね。もしや、あの者の訪れのおかげとなれば、それは確かによほどのことですね」

大臣は納得したように頭を揺らす。だが、セザールは苦虫をかみつぶしたような表情を浮かべた。

「今後もいい兆候《ちょうこう》が見られるとよいがね。いつまでも喪《も》に服しているわけにはいかないのだ……動かねば」

その声は側近達には届いていなかった。

だが、宰相セザールの思惑は伸びていく茨《いばら》のように既に王室の中に着々と広がっている。

（この国はいずれ私のものになるだろう）

セザールは野心を帯びた高慢な笑みを浮かべていた。

§　5章　馴染んでいく異世界生活

晃がこの異世界に飛ばされてきて七日目——。

数日の間はしばらく王宮生活に慣れることを優先し、頼まれたときにルーンのお世話係として仕える日々だったが、そろそろ晃はお客様気分から抜け出さなくてはいけないな、と気を引き締めていた。

というのも、件《くだん》のコンテストに参加するためだ。コンテストはルーン王子の四歳の誕生日に献上《けんじょう》する衣装を競い合うもの。

開催はひと月後。件の占い師がタンザナイト王国を訪れるのもちょうどその頃だということで、いい時間潰しになるのではないかとアロイスは煽《あお》るように言っていたが、たしかに彼の言うことは一理あると思った。

実際に晃の帰還の手がかりがそこで得られるかどうかはわからないが、ひとまずアロイスのおかげで今のところ衣食住は保証され、コンテストに向かう目的が出来た分、時間を無駄に過ごすことはなくなった。

しかし今からデザインを考えて衣装を制作するとなると逆に時間が足りないかもしれない。

ルーンと一緒に過ごしたあと、晃はアイデアの参考にしようと、衣装部屋の鍵を預かり、ルーンの衣装をいくつか見せてもらったのだが――。

(特別な衣装……どんなデザインにしたらいいかな)

ルーンのことを思い浮かべながら、晃は無意識にうなった。

ただ漠然とした案が脳内にちらばっていてまとまりがつかない。スケッチブックを開いてアイデアの整理からはじめようかと呻っていると、衣裳部屋のドアが開いた。顔を覗かせたのは、アロイスだった。

「ちょうど会議のあとに通りかかったから顔を出してみたのだ。何か不足しているものはないか?」

アロイスはそう言うと、少し歩みを進めてから立ち止まり、部屋の中をぐるりと見回す。

「いいえ。まだそれ以前の段階ですし……」

「必要なものがあれば私でなくとも側にいる者たちに遠慮なくいつでもいうといい」

「はい。何かあれば、お声がけさせていただきますね」

「それと、王室教師の件で報告がある。明後日には着任することになった。古代の歴史や異文化についての造詣《ぞうけい》が深い博識な男だ。今後、頼りにするといい」

「ありがとうございます。対面するのは緊張しますが、楽しみにしていますね」

晃が気合を入れ直すと、アロイスは頷き、それから衣装部屋を出ていった。

その一瞬だけ、微笑みが見られたようだったが、気のせいだろうか。

意識した途端、晃の鼓動が少しだけ騒がしくなった。

アロイスの半歩後ろには双璧の騎士が揃っていて、それぞれいつものように二人は仏頂《ぶっちょう》面《づら》を浮かべ、一人は好奇心を覗かせた瞳をしていた。

晃は慌てて彼ら二人にも頭を下げた。きっとまた特別扱いしている、と思われているのだろう。そうだとしても今の状況では否定はできない。

客観的に見てもアロイスは晃に甘い。ふらりと現れた異国の人間を招き入れる寛大さは晃にとっては大変有難いけれど、一国の王として肩入れしすぎなのではないかという噂がたっていることを晃は知っている。

塞ぎがちだったルーンが心を開いたという功績がよほどアロイスの信頼を得るのに大きかったのかもしれないが、まだアロイス以外の人たちの信頼は得られていない証拠だ。アロイスの権限だけではずっと晃を王宮に留めておくことはできないと言っていた。それまでに元の世界に帰れる保証もない。だったら尚のこと、このコンテストに真摯に向き合い、周りに納得してもらえる結果を出す必要があるだろう。

それとは別に、アロイスに対する感謝の気持ちもあった。衣装コンテストに参加する権利を与えてもらえたことだ。交渉ごととはいえ、賞賛の一部であることもたしか。晃が興味を持って大事にしていたことをアロイスは分かった上で命令ではなく提案をしてきてくれたのだから。きっと見た目とは裏腹に、彼の心にはあたたかな部分がきっとある。ルーンに対して見せていたあの表情のように。

晃がアロイスに恩返しをするとしたら、アロイスの期待に応えることしかない。これからも午前中はルーンの世話係兼教師役を務め、午後は仕立て屋としてコンテストのための衣装作りに奔走《ほんそう》することになる。

寄る辺《べ》のない状況からは一転し、元の世界のことを気にかける余裕もないくらい時間があっという間に過ぎていく。

しかし帰還できる術《すべ》がないまま無意味に時間が流れるよりはずっといい。やるべきことがあるというのはこの世界で何も持たない晃にとって大きな心の支えでもあるのだ。

（よし、やろう）

思考を整理してクールダウンしたあと、ひとりになってから晃はアイデアと向き合った。

スケッチブックには何十種類ものデザイン画が収められている。尽きないアイデアを思うままに描いたあとは、製品にするためのデザインをブラッシュアップする。自分との戦いになるが、何より楽しい時間でもある。

しかし本格的に衣装づくりということであれば話は別だ。生地や素材の選定にも時間がかかるし、実際に仕立てるまでの工程を考えると、正直一ヶ月では全然足りない。

元の世界の専門学校に通っていたときは、衣装一着につき二ヶ月くらいの制作時間が必要だった。しかしルーンのお世話と衣装作りに集中できる今の環境なら、努力次第で叶えられるかもしれない。

気合を入れ直し、鉛筆を持つ手に力がこもった。どんどんアイデアは浮かんでくる。大枠のデザインから細部のディテールまで幾つもの案を描いた。気付けばすっかり窓の外は暗くなっていた。

もう少しだけ。そう思い、衣装づくりに使ってもいいと言われた生地を思うままに引っ張ってきて並べていたときだった。視界が急にきらきらと眩しく感じた。

（なんだろう、目がチカチカする）

衣装の光沢が本来のものよりも強く出ているようにも見える。

晃は目を擦ってみた。白くぼんやりと霞みかかっている。衣装はよりいっそう光沢を強めていた。元いた世界で片頭痛《へんずつう》に襲われたときがあったのだが、片頭痛の前兆として稀《まれ》にキラキラした光が見える閃輝暗点《せんきあんてん》という症状があるらしい。ひょっとしてそれだろうか。しかし構えていても頭痛が起こるわけではなかった。

急に頑張りすぎたのかもしれない。コンテストの参加は、あくまでもルーンの世話係を担うことを条件に参加を許可されている。異世界の勉強もしなくてはならない。今からキャパオーバーに陥っている場合ではない。

晃はデザイナーとして探索的な欲求を抱きはじめていた時間をしばし惜しんだあと、また後日改めようとスケッチブックを仕舞い、生地を棚に戻したのだった。

翌々日、アロイスが言っていた予定通りにドミニク・オラールという教師が王宮を訪れ、晃は初対面を果たした。

晃が異世界に来てから九日目を迎えていた。

教室のような場所で授業をするのではなく、決められた時間に部屋に来てくれるらしいので、家庭教師といったところだろうか。

「今日からよろしくお願いいたしますね。ルリカワくん」

ルリカワという姓に触れると、元の世界のことが脳裏をよぎる。

王宮に上がったときに自己紹介したときのまま、コウ・ルリカワという名は、この異世界でも生きているのだ。瑠璃川という名前を捨てきれていない自分が不意に浮かび上がるようで、ちょっとした焦りが胃の中をかき乱して熱くなってくる。

「は、はい。オラール先生、今日からお世話になります。よろしくお願いします」

「よい返事です。では、手始めに、我が国の歴史から紐解いていく形でよろしいですかな」

「はい」

ドミニクの片眼鏡をかけた白髪の紳士といった風貌《ふうぼう》からすると、彼はだいたい六十歳くらいだろうか。晃の父親くらいの年齢かもしれない。所作の美しい物腰の穏やかな雰囲気がある。

晃は緊張に身を包みながら、ドローイングデスクに並んだ赤や青や緑といった古い洋書のような装丁の分厚い本に目を落としつつ、静かに着席する。

「あ、あの、僕はこの国の文字が読めないので、すべて言葉で説明していただけないでしょうか?」

ああ、とドミニクは手のひらを叩いた。

「そういえば陛下より伺っておりました。では、文字の成り立ちから学習した方がよさそうですな。その青い装丁の本を開いて、一つずつ説明しましょう」

ドミニクのいうとおりに青い装丁の本を開くと、見たことのない形の文字がぐらぐらと揺れるように並んでいて目が回りそうになる。思わず口元に手をやった。

これを短期間で本当に読めるようになるだろうか。英語はおろかフランス語やドイツ語も読めなかったのに。でも、こんなふうにも解釈できる。これは学校で第二外国語を初めて習うのと一緒だということ。

(異世界だと思うと、妙に構えがちになるところがあるもんな)

自分に納得させて文字をじっと見つめていると、馴染んでいくと思われた文字にある違和感が生まれた。

「えっ……！　動いてる」

そう、文字が動いているように見える。否、本当に動いている。さっきは見慣れない文字が揺れているように感じただけだが、今度は物理的に動いているのだ。

(それとも、やっぱりそう見えているだけ？)

唖然としているうちに文字は晃の脳内に何かを発信するような色を見せてくる。たとえるのなら、モールス信号のような。そしてそれはやがて神経に直接働きかけるように意味を伝えてきた。

「何か？」

ドミニクが眼鏡の奥の目を大きく開き、晃の不自然な様子を眺めている。

晃はただ茫然と目の前の文字に囚われてしまっていた。

不思議なことに、文字は読めなかったはずなのだが、浮かび上がるように翻訳され、目から脳へ流れるように理解できたのだ。

「何故か分からないんですが、突然、読めるようになったみたいです」

晃はそれ以上どう説明していいか困った。

異世界に飛ばされたあとに耳で聞こえる言語を理解できていたのと同じように、目で見る言語も把握できるようになったと考えるべきか。それほど異世界に自分の身がだんだんとなじんできたと捉えてもいいだろうか。

他の本も見てみたが、すべて内容を読みとることができた。

無論、難しい言葉や地名などはよくわからないが、内容を把握できるだけで全然違う。

「はて。どうしたものでしょう」

ドミニクは困惑顔を浮かべている。

二人の間に、やや気まずい空気が流れた。

「す、すみません。僕も何がなんだか。とりあえず、読めるだけで意味はわからないので、歴史からご教授いただいてもよろしいでしょうか」

「はあ、では気を取り直して――」

ドミニクは一つ咳払いを落とし、それから流暢《りゅうちょう》な語り掛ける口調でタンザナイト王国の歴史のはじまりを語りはじめた。

晃はしっかりと脳に刷り込ませようと意識する。

文字についての謎はとりあえず置いておくことにする。読めるようになったのはラッキーだ。今後もできるだけ多くの書物に触れ、教師からはなるべく多くの情報を得ておきたい。何か紐解く糸口にもなりえるかもしれないし、任されたからにはがんばるしかない。

一時間ほど経過しようというときだった。急に部屋の外が騒がしくなった。

耳を澄ませると、メイド達の声が聞こえる。ひょっとしたら、またルーンが脱走したのかもしれない。

不意に視線を感じて振り返ると、物陰からこちらを見ている二つの円《つぶ》らな瞳と目があった。

「あ、ルーン殿下!?」

予想はしたものの、まさかこんな近くに忍び込んでいたとは思わず、晃は驚く。

一体どこからやってきたのか。猫が通れるくらいの小窓がついているとか?

これほど神出鬼没《しんしゅつきぼつ》状態では護衛やメイド達が手を焼くのも仕方ないだろう。

「おや。ごきげん麗しゅうございます。ルーン殿下」

「じい、いる」

「はい。爺は久方ぶりにこちらに通うことになりましたのです」

ルーンは頷く。二人の間で会話が通じているようだ。

「あの、先生はルーン殿下に教えていたこともあるのでしょうか？」

「ええ。引退してからは、私の弟子がついているようですが、慣れるまで一苦労であったと聞いておりますよ。ですから、ルーン殿下が貴方様に親しみを抱いていらっしゃるのが不思議で羨《うらや》ましいと」

メイド達のバタバタした様子を幾度となく見かけていた晃は無意識に頷く。きっとドミニクのお弟子さんも苦労しているに違いない。顔を合わせたことないのに、なんとなく晃はそのお弟子さんに親近感を抱いてしまった。

「殿下はどちらにいらっしゃいましたか」

息を切らした男の焦った声がして、晃はドアの方を振り向いた。

ノックを受けて許可の返事をすると、衛兵がドアを開く。

焦った様子で入ってきたのは燕尾服《えんびふく》に身を包んだ人物だった。

「オラール先生！　これは大変失礼しました」

男の言葉から、彼が若い教師であることが晃にもわかった。だいたい三十代前半くらいだろうか。

「私はジル・ポネットと申します。ルーン殿下を探しておりまして」

と、ジルと名乗った年若い教師はハンカチで額に浮かぶ汗を拭っている。彼がドミニクのお弟子さんらしい。

「ルーン殿下ならこちらにいらっしゃいますよ」

晃が言うと、ルーンがむすっと膨れた顔をした。見つかりたくなかったのだろう。

「コウ、いうな」

「す、すみません。ルーン殿下」

晃はルーンの機嫌を損ねたことをすぐにも後悔した。

「やや。ルーン殿下はかくれんぼが大変お上手ですね」

ご機嫌をとろうとジルがルーンに近づこうとすれば、ルーンは脱兎のごとく駆けだしてきて晃に思い切りだきついてきた。

「わわっ」

いくらまもなく四歳になる子どもとはいえ体当たりされれば晃だってよろめくぐらいは

する。慌てて抱きとめてから晃はため息をついた。

「コウ、いっしょ、いい」

「え、一緒？　ここで勉強を一緒にするんですか？」

ルーンがこくこくと頷く。

「おやおや」

ドミニクが眼鏡の奥の目を細める。ジルはますます汗をかいてハンカチを持つ手を動かしている。

ぎゅうっと抱き着いてきたルーンが、梃子《てこ》でも動こうとしない様子を見て、参ったな、とジルはため息をつく。

「えっと、しばらく一緒に勉強の時間にしてもいいでしょうか？」

「そうするといいでしょう。ポネットくん、君も勉強させてもらうといい」

「はは」

ジルは晃と目が合うと、情けないような顔をして首を掻いた。晃も思わず肩を竦めた。

一緒のお勉強タイムはこの日に限らなかった。ルーンは晃と共にいることを望んで譲らなかった。しかし勉強をしないわけにはいかないので、しばらくは賑やかな時間を過ごすことになった。

そして、勉強が終わったら解放というわけではない。再びルーンにねだられて彼の部屋に行って絵本を読んだり絵を書いたりした。

正直ずっと付きっきりでは疲れることもあるのだが、その一方、少しずつ心を開いてくれるルーンの様子が嬉しく、一緒に過ごすうちに、晃もやっと気持ちが落ち着きはじめていたのだった。

――そうして一週間ほど経過したある日。

学習を終えたあとにルーンの部屋に行き、午睡《ごすい》の時間に絵本を読み聞かせていたのだが、穏やかな陽気に眠気を誘われ、添い寝しているうちに晃はうっかり本当に寝入ってしまっていた。

そこからどのくらいの時間が経過していたのか。視線を感じてハッとして起き上がると、まだルーンは天使のようにあどけない顔で眠っていて晃はほっと胸を撫で下ろす。

しかし顔を上げた瞬間、別の誰かと目が合い、反射的にわっと声を上げてしまった。

なぜなら、アロイスの姿が側にあったからだ。

「ご、ごめんなさい。申し訳ありません」

あわあわと焦る晃に、アロイスが宥《なだ》めるように視線を横に移した。

「構わない。気になって様子を見に来ただけだ。束の間の休息のところ邪魔をしたな」

「いえ」

「目覚めたら、一度外に出るといい。暖かい陽気だ。花々が咲きこぼれている。ルーンもきっと喜ぶだろう」

「そうですね。うっかり眠くなってしまいました」

「根《こん》を詰めてはいないか？　仕事に追われるばかりでは疲弊《ひへい》してしまうだろう」

目元に手を伸ばされ、晃はドキリとする。

アロイスは心配してくれているのだ。彼の瞳が晃を気遣うような色を浮かべていた。

「大丈夫です。少しずつルーン殿下が心を開いてくれているのがわかって嬉しいですし、僕も勉強になることが多いですし、衣装のことも楽しみで、それが生き甲斐《がい》になっています」

「ならばよいのだが」

アロイスはほっとしたように頷き、それから微笑を浮かべた。

最近、アロイスの態度が軟化《なんか》したように思う。猛獣に懐かれたような不思議な気持ちだ。

彼の心境に何か変化でもあったのだろうか。

晃は胸の中で不自然に音を立てた鼓動に戸惑いながら、アロイスを見つめ返す。

ふと、視線が絡み合って動けなくなる。緊張が高まってどうしていいかわからなくなった晃は、咄嗟に何気なく思っていたことを口にしてしまっていた。

「陛下は、これから先、新しいお妃様をお迎えされるご予定はあるのでしょうか?」

「なぜ、そんなことを訊く?」

みるみるうちにアロイスの表情が陰ってしまい、晃は口にしてしまったことを即座に後悔した。気になったのは事実だが、さすがに不躾すぎた。せっかく心を開いてくれつつあるのに。

「出すぎたことを言ってしまいました。気分を害されたならお詫びいたします」

「……当面は考えてはいない。ルーンも受け入れがたいことだろう。ようやくこうして変わってきている状況を冷やしてしまいかねない」

「そ、そうです、よね」

冷やしてしまったのは晃かもしれない。おそるおそる窺っていると、アロイスがきまり悪そうな表情を浮かべつつ、すっと視線を逸らした。

「おまえが気遣ってくれているのはわかっている」

と、それだけ言った。

しかしどこか寂しげに見えたアロイスの表情に、晃の胸の中も冷たくざわつくものが広がっていく。

普段からアロイスは滅多に笑うことはない。ルーンを見るときだけやさしげな微笑を浮かべるけれど、それでも心から楽しそうであったり嬉しそうであったりというものではない。ルーンといるときでさえどこか哀愁のようなものを感じさせる。

王室には派閥があるという。国王の側には様々な人がついている。信頼のおける側近はいるのだろうけれど、どこかアロイスには孤独の影がちらついていた。国王としての責務に追われるだけでなく、一人の人としての幸せをこの人にも感じてもらえたらいいのに、と思う。

そのためには、ルーンの現状をよりよい状況にできるようにする。晃に出来ることはそれしかない。

（そのためにも、ルーン殿下がとびきり勇気を出せるような衣装を作れたなら……）

胸の裡《うち》に熱いものがこみ上げてくる。

アロイスは心から幸せそうな笑顔を見せてくれるだろうか。

その笑顔を見てみたいと晃は願った。

＊＊＊

ルーンの部屋を出たあと、アロイスは私室へと一旦戻った。

最近、自分の中に芽生えた妙な感情を持て余し、激しくこみ上げる想いを一度整理すべきと判断した。国の上に立つ者が大事な政務の前に動揺しているわけにはいかないからだ。

私室に到着すると、アロイスは双璧の騎士にしばし離れるように告げた。

「十分ほど待っていてくれ。すぐに戻る」

「御意。それでは、我々は待機いたします」

「二十分過ぎてもお戻りにならないときは、一度声をかけさせていただきますね」

「ああ」

ドアが閉まって完全に一人になってから、甘く重々しく胸に広がるものをアロイスはそっと吐き出した。

（なぜ、私はこんな感情に囚われているのだ）

泰然自若《たいぜんじじやく》の獅子王と呼ばれ、けっして隙を見せぬよう揺らぐことのないように冷徹に政務に取り掛かってきた、そのつもりだった。しかし自分自身がたまにわからなくなる。

ふと、アロイスは先ほどの光景を思い浮かべる。

晃の側に横たわっていたルーンのあどけない様子、添い寝をしていた晃のおだやかな寝顔。それらは、アロイスに在りし日々の幻影を見せた。亡き王妃エリーヌとルーンがまだ赤んぼうだった頃の穏やかな日々だった。

政略結婚の相手であるエリーヌに恋愛感情を抱いたことは一度もない。子をもうけたことも世継《よつ》ぎを必要とする王の務めでしかない。だが、自分に似たルーンのことは愛おしく、たとえアロイスが異性に情愛を抱けない者であっても、王妃以外に他に寵愛すべく者を迎える気になったことは一度もない。王室の家族としての幸せの在り方としては成り立っていたはずだった。

在りし日は戻らない。それは致し方ない現実。新たな妃をとらないのかと側近に問われることもあるが、ルーンがいればそれでいいと見ないふりをしていた。

だが、不思議と、アロイスの中に求めていた感情がこの頃沸き立つことがある。ルーンのため……と言いながら、自分自身が晃に対して興味を抱いているということだ。これまでどんな相手にも心を動かされたことはなかったはずが、何故、今さらなのか。

ルーンは晃に母性のようなものを感じているようだ。中性的な愛らしい容姿をしているからなのか、本能的に母親のことを求めているからなのか。しかしアロイスはルーンのように晃に対してエリーヌの影を重ねることはありえない。ただ、胸の内側を締め付ける正体に戸惑うばかりだ。

「失礼します。陛下」

「お時間になりましたのでお声をかけさせていただきましたが」

「ああ。今戻る」

部屋を出て会議室へと向かう間、晃とルーンの姿が視界に飛び込んできた。

回廊で繋がる王宮内は、見通しがよく、遠くの庭園まではっきりとシルエットが見える。そのまま会議室に行くつもりだったアロイスは、多少遠回りではあるが、庭園の方を回っていこうと考えた。彼らがどんなふうに過ごしているのかが気になったのだ。

近づくと声が聞えてきた。側に控えていたメイド達だ。

「微笑ましいですわね。近しいご兄弟ができたような……」

「本当に。ルーン殿下があんなに笑顔を……」

メイド達はそれぞれ和やかな表情を浮かべている。彼女らが眺めている方向には、晃とルーンがガゼボのテーブル前に並んで座って絵を描いていた。

アロイスは晃とルーンの様子をしばし眺めた。

時々ルーンは晃の膝の上に座って幼児らしい催促する仕草を見せる。晃はルーンの要望を聞き届け、穏やかに笑顔を咲かせながら手を動かしていた。

輝く光の中にいる晃とルーンの二人を見ていたアロイスの目元が自然と緩む。

あれからルーンの側には常に晃の姿があった。アロイスに頼まれて晃はルーンの世話係兼教師係を務めているのだ。たまに見かける二人の様子に、アロイスがこのように癒しを得ていることなど、晃は知る由《よし》もないだろう。

最初は、晃のことを当然警戒していた。だが、試してみたい気持ちがあった。その後はルーンのことを心配していた。今では、先に晃の方に目が奪われてしまう。そんな苦悩を抱いていることも、彼は知らないだろう。

満ち足りたものが内側から溢れてくるのを感じながら、一方で胸を締め付けるものを吐き出すようにアロイスはため息をついた。

「あれは……兄弟というよりもはや親子のようでもあるな」

アロイスが無意識に呟くと、側に控えていた双璧の騎士二人が一瞬お互いの視線を通わせ、戸惑っている空気を感じとった。

自分の世界に入り込んでいたことに気付いたアロイスはハッと我に返った。

今、自分はいったい何を考えていたのか。

「気を遣わせてすまない。公務に戻る」

答えを出す前に、アロイスはすぐに国王の顔に戻った。

双璧の騎士は黙ったまま頷き、彼に付き従う。

国外からやってきた賓客を迎える公務についたアロイスのすぐ側に待機した騎士らは、式典がはじまる前に顔を見合わせた。先ほどのアロイスのただならぬ様子が気にかかったのだ。

「陛下はやはりエリーヌ様のことで胸を痛められたままなのだろうな」

強面の騎士クロードが険しい表情のまま言った。

しかし優男風の騎士シャルルは別の見解をしていた。

「いや。だって二人は政略結婚だったんだ」

「だが、仲睦まじい様子は見ていただだろう」

「家族としての形を守っていただけだ。俺たちが主を護るために仕えているようにな」

「……何が言いたいんだ」

「わからないのか？　陛下はコウのことを気に入られているのだろう」

「珍しい異国からの客人だからな。もてなさなければならない理由があるからだ」

「それだけじゃないさ。あれは……『恋』じゃないかな」

　さらっと飛び出した言葉に、クロードは目を血走らせるほど大きく見開いた。

「は？　何を言っているのだ、シャルル。寝言は寝て言え」

「クロードこそ、頭が硬すぎる。カチコチなのはその顔だけにしておけよ。またコウに怖がられるぞ」

　シャルルが呆れたように言うと、クロードは不機嫌そうに眉間に皺を寄せた。かちこちと揶揄《やゆ》された表情筋が波打つように痙攣している。

「陛下にお仕えする守護騎士として、威厳を保つことは大事だ。慣れ合いは不要」

「コウが陛下の将来の伴侶《はんりょ》になる日が来るかもしれないのに喜ばないのか？」

「は？　貴様はいい加減に、寝言は寝て言え。生涯の伴侶をエリーヌ様だけだと決めた陛下に対する侮辱《ぶじょく》となるぞ」

「残念ながらご希望には添えないね。俺の勘はよく当たるんだ」

　たしかにクロードが陛下至上主義の鉄壁である一方、シャルルはよく周りを見ており、観察眼が鋭い。彼らが二人そろって双璧と言われるのはそれほど相性がいいからだ。

「第一、伴侶も何も、コウは見目《みめ》は華奢《きゃしゃ》で頼りないが、一応は……男だろう。たとえ恋愛感情を抱いたとしても、王室の赦《ゆる》しが出るかどうかは別問題だ」

クロードはよほど気に入らなかったらしい。一言ずつ嫌味を込めて語気を強める。

しかしシャルルには通用はしなかった。

「世継ぎならもうルーン殿下がいらっしゃる。それに、愛には色々な形がある。性別なんて関係ないんだよ。生きている人間こそ幸せになるべきだよ」

見て知ったようにシャルルは言う。クロードは理解できないと首をひねった。それは鈍感なクロードが知らないだけなのだ。シャルルはこの間からアロイスが晃のことで思い悩んでいることを知っている。ただ騎士として仕える手前、知らないふりをしているだけだった。

§　6章　波乱のコンテストと宰相セザール

あれからルーンは晃と一緒に過ごすうちに少しずつ周りに心を開き、言葉を発することも増え、表情にも変化が現れるようになっていた。部屋に閉じこもることが多かったルーンだが、勉強は嫌いというわけではない。才気煥発《さいきかんぱつ》で思慮深い一面もあった。

教師のドミニクやジルが定期的に行うテストでは、ルーンは歴代で稀に見る優秀な成績をおさめている。晃のいた元の世界でよく取り沙汰されるＩＱ（知能指数）が高いという意味合いのようだ。

異世界の理《ことわり》が元の世界のそれとは違うとはいえ、ルーンは大人の言葉をよく理解している。まもなく四歳を迎える子にしてはたしかに賢いと感じるのだ。

だからこそ、王室はルーンには表に立ってほしいと願っている。やがて叡智《えいち》溢れるアロイスのような国王になるべき存在になってほしいと思うからこそ、引っ込み思案な性格についてもどかしさを感じているのだろう。

王宮の中で暮らすうちに、晃はアロイスの苦悩がよく理解できるようになった。ルーンが心を開くきっかけになった晃の存在に救いを求めていた理由にも納得できる。彼らを知るにつれなんとか力になれたら……と晃は前以上に思うようになっていた。

(期待に応えたい)

晃は日々そんなふうに胸に熱いものを灯し、アロイスやルーンの笑顔を思い浮かべながら一針一針想いを込めて衣装を作っていた。

そんなある日のこと。

少しずつルーン王子の誕生祭に向けてルーン王子を社交の場に慣れさせるために小規模の交流会が開催されることになった。

主な参加者は、王家の血筋である公爵家や政治に関わりのある伯爵家の人々らしい。ルーンよりも少し年上の子息や令嬢らも名を連《つら》ねていて、誕生祭前の場慣らしには丁度いい面々が揃えられた、と教師のドミニクから晃は聞いていた。

しかし。その日に向けて特別授業がはじまると、最初は緊張を高めていただけだったルーンは日に日に前のように塞ぎがちになっていった。

最近は晃がドミニクの授業を受けたり衣装づくりに専念したりしている間、ルーンはジルの元で王子に必要な教養を含めた勉学に励んでおり、空いた時間に触れ合うくらいだったのだが、困り果てた顔をしたジルがドミニクの授業を受けていた晃の元へ尋ねてきたのだった。

「陛下には既にご報告を差し上げており、あとでコウ様には話をするということですが、僭越《せんえつ》ながら陛下に代わって私からもお願い申し上げます」

いつも丁寧なジルがさらに恐縮している様子で晃に縋った目を向ける。足元には怯えている様子のルーンの姿があった。不安な表情を見るに、自信を失いかけているように思う。

晃は目線の高さをルーンよりも少し下に下げるようにその場に跪く。

「ルーン殿下。僕はいつか……あなたに立派な仕立て職人として認められたいです。夢が叶う日が来たら、ルーン殿下の専属衣装係にだってなれるかもしれない。そんな希望を抱いてはいけないでしょうか？」

「……っ」

ぴくり、とルーンが身動《みじろ》ぎをした。彼の心に届けばいいのだが。

「もちろん、殿下にお気に召していただけたらですが……」

晃はそう言い添えた。そして異世界に留まるしかない未来だったら、だけれど。

さらに晃はルーンを励ますように声をかけた。

「ですから、お互いに精進しませんか。殿下は殿下のやるべきことを。僕は僕のやるべきことを。離れていても、心は寄り添っています」

泣きそうな顔をしているルーンが、ぐっと堪えているのがわかる。

晃は指を差し出した。ここのルールやマナーなんてものはわからない。失礼があったらそのときは詫びよう。でも、心の中にあるものは伝わってほしい。

「きっと約束いたします」

「やくそく」

「はい」

小さな指がきゅっと絡む。ルーンの勇気の一歩を感じた。きっと、その指はいつかしなやかに、その手は大きく逞しく、この国を支える少年から青年へと成長していくことだろう。

どうか、ルーン王子が健やかに過ごせますように。その道程が光あるものでありますように。その一助となれるように尽力したい。

晃が異世界に飛ばされてから一ヶ月と少し。

いよいよ件《くだん》のコンテスト当日――。

晃は緊張のあまり眠れないまま本番を迎えることになった。

自信を持って制作したとはいえ、やはり少しも不安や心配がないといったら嘘になる。緊張が腹の底から込み上げてきて、喉は乾いているし、指先は知らずに小刻みに震えていた。

審査をするにあたって、どの職人がどの衣装を制作したか、というのは伏せられている。不正がないようにするためだ。

審査は、工房を持つ一流の仕立て職人によって選定され、最終的にルーンが気に入った衣装が優勝となるが、まだルーンが幼いため大臣らがかわりに選定し、国王アロイスが側近の意見を参考にして決めるのだという。

それ故に、何かと晃を気にかけてくれているアロイスにも制作の途中でデザインや衣装を見せることはなかった。

晃が手掛けた、王子らしい気品をイメージした軍服は、紺碧《こんぺき》の青を思わせるなめらかなベルベットの生地を余すことなく使い、肩の憲章《けんしょう》は動いたときに絡まないように裁縫し、襟口や袖口に至るまで金糸や銀糸を丁寧に刺繍した。飾り紐にはルーンの瞳の色に似た琥珀色の宝石や金鋼石のビジューをあしらい、獅子の輝きをまとえるように。

そのほかに、晃の故郷にまつわる装飾やデザインはできないだろうかと考えた。自分だけのオリジナルの個性を出したかったというのもあるが、ルーンやアロイスと繋がれた縁と感謝を込めたかったのだ。そこで、胸元に市松《いちまつ》模様の刺繍を付け加え、その側に桜の形に加工したピンククオーツを添えた。おかげで美しいアクセントになったと思う。

時間との戦いがある中、晃は一針ずつ願いを込めた。いつかルーンが成人した日には多くの勲章《くんしょう》がその胸に飾られますように。

(何より、ルーン殿下に気にいってもらえるといいな)

王子という身分でありながら引きこもりで人見知りをしているルーンが、ほんの少しでもこの衣装を着て勇気を持てるようになったら、とあれから願い続けていた。一針ずつにそうして願いを込めてようやく完成したものなのだ。ふと、衣装を気にかけていると、心なしか目映《まばゆ》い光を放っているようにも感じられた。

(あの光……そういえば、あれ以来、見えていないけれど……)

「お待たせいたしました。こちらへおはいりください」

その声に、晃は我に返った。

いよいよ、コンテストがはじまる。

大広間が解放され、左手には王族の者や宰相や大臣などの臣下の姿が、右手には審査員として選ばれた王宮御用達とお墨付きの工房を経営する者や、かつて王宮に召しかかえられていた仕立て職人らの姿が見られた。

　申込者は述べ二百名程。そのうち身元証明や手続きを通過した一次審査の合格者が百名程いるらしく、今回残った参加者が二次審査の合格を目指し、衣装を携えて王宮入りしている。

　晃は身元証明ができないため、国王からの推薦で二次審査からの参加となった。しかし最終候補に残ることができなければ脱落する点では他の参加者と一緒だ。ここからは実力での勝負となる。

　まず控室に待機し、受付番号順に大広間へと案内され、参加者がＰＲできるのは各十分程。完成した衣装を審査員にただ見せるだけではなく、その衣装の魅力を存分に伝えようとする姿勢が評価される。これに合格した二十名は最終審査へと進む。最終審査では、審査員だけではなくアロイスとルーンに対面することを許可され、最優秀賞と優秀賞の三名が選ばれるという流れだ。

　最優秀賞に選ばれた衣装は数ヶ月後のルーンの誕生祭に着ることになるため、ルーンが最も輝ける工夫を凝《こ》らした衣装であることが求められる。

　そして――厳しい二次審査を乗り越え、最終候補の二十名の中になんとか食い込んだ晃は、いよいよ玉座に待機するアロイスとルーンの御前にファイナリストの一員として並んだ。

「これより、最終候補者の作品の中から、より素晴らしい衣装と思われる三着を厳選させていただきます」

大広間に再び緊張が走った。

王子のための衣装を選ぶ、その重責を担う審査員たちの表情は厳しく、時々首を横に振ったり感嘆の声を漏らしたりする。その一挙一動に、晃は一喜《いっき》一憂《いちゆう》してしまう。自分の衣装よりもほかの衣装がずっと優れて見えてきてしまい、心が折れてしまいそうになるような沈黙が横たわった。おそらく他の参加者も同じだろう。

（心臓の音が……）

なんとかここまで残ったのは快挙だといえるかもしれない。一方、ここまで残ったのだからなんとしてでも選ばれたい。そんな強い気持ちが沸き立つ。

息が苦しくて手が震えてきてしまう。たまらなくなって晃はぎゅっと目を瞑った。そうして必死になるあまりに、自分の手から先ほどよりもつよく光が溢れつつあったこと、そしてそれを宰相セザールが見ていたことに、晃はこの時まだ気付いていなかった。

深呼吸をして前を向いたとき、審査員らが一同に顔を見合わせた。

「ほう」

「これは……美しい。見たことがない、一点ものに違いありません」

「……では、決まりですかな」

時間としては十分あるいは十五分くらい。だが、永遠の時のようにも感じられた。

「決定いたしました」

大広間に審査員長の声が響き渡った。

集まっていた王族の者や宰相や大臣などの臣下たちの視線が一斉に中央に集まる。アロイスが頷くと、側近が玉座にいたルーンをみんなのところへと案内する。晃は三着の衣装の中に自分の作ったものが運ばれていくのを目にし、思わず声を上げてしまいそうになったが、祈るような気持ちで再び手を握った。

審査員長ならびに審査員は横長の台に三着の衣装を広げ、それからルーンに挨拶をする。

「ルーン殿下、こちらの三着をお選びいたしました。この中から殿下に最もお似合いになる衣装を本コンテストの最優秀賞といたします」

「しょうち、した」

「は、それでは順番にお召し替えをさせていただきます」

手を叩くと、控えていたメイド達が着替えの手伝いにつく。参加者に素肌が見えないように緞帳《どんちょう》のような幕布が下ろされた。

そしてルーンがとうとう晃の作った衣装に袖を通し、お披露目《ひろめ》された、その時だった。

「きゃあ！」

「ルーン殿下！」

メイドたちの悲鳴と審査員長の愕然とした声が入り混じる。

「何が起きた」

アロイスの険しい声が響く。国王補佐官が眉根を寄せる。

待機していた双璧の騎士もまた動いた。

晃は飛び込んできた光景を見て、思わず口元を押さえた。

「ルーン殿下が……！」

侍従が血の気の引いた顔で報告する。

しかしルーン本人はもっと青ざめた顔でくったりとしていた。口からは泡のようなものが出ている。痙攣《けいれん》をしている様子だ。

ただ事ではないと、それまで静観していた宰相と大臣らまでもが慌てはじめる。

「すぐに医術者を呼べ！」

「ルーン殿下！　しっかりなさってください」

場は騒然となった。すぐにルーンは運ばれていき、国王補佐官に伴われてアロイスは外へと出ていく。その後ろに双璧の騎士が続いた。

ざわついた大広間の中に残されたのは審査員と参加者、それから王族と臣下の者たちだ。皆が動揺した表情を浮かべている。

その場を仕切ったのは、宰相のセザールだった。

「一旦、大広間の扉は閉じさせていただきますよ」

セザールは王族に恭《うやうや》しく挨拶を済ませると、臣下にはその場で待機を命じた。

「審査員と参加者についても同様、この場でしばらく待機を――」

そう告げたあと、残されていた衣装にセザールは目を向ける。それから待機していた臣下の中から、残っていたルーンの側付きのメイドに声をかけた。

「メイド」

「は、はい。ルーン殿下は朝から緊張されていましたが、元気な様子が見られましたし、倒れる前、ルーン殿下にとくに変わった様子はございませんでした」

困惑しながらメイドは答える。

しばし、その場で待機を命じられた者は落ち着かない気持ちで、その後の報告を待つ。

一時間くらい経過し、ようやく大広間の扉が開かれ、国王補佐官の一人が急ぎ入ってくる。

「ご報告いたします。ルーン殿下の容態は快復に向かっております。ちょっとしたショック状態にあったようですが……すぐに目を覚まされたようです」

その場にほうっと安堵のため息がこぼれた。

（良かった……ほんとによかった……！）

晃もようやくほっと胸を撫でおろした。

「原因はこれからか？」

「はい。それで、ルーン殿下がコウ様をお呼びになっており、陛下からコウ様にはルーン殿下の元へきてほしいとのことです」

「審査はどのみち仕切り直しをせねばなるまい」

セザールはそう言い、審査員を一瞥《いちべつ》すると、臣下の方へとざらついた視線を伸ばした。

「毒味役はどうしている？」

「これから尋問します」

「それで……異国からの客人よ。何をした？」

セザールが晃の方をみやった。いきなり名指しで呼びつけられ、晃は動揺する。

その場の緩んだ空気がまた張りつめつつあった。

「おっしゃる意味がわかりません。僕は何も……」

「貴殿の衣装を着た途端に、ルーン殿下は体調を崩された。毒が原因ではないのならば、魔術という線も残されている」

「待ってください。魔術なんて、僕には使えません」

「口ではなんとでもいえるのだ。だが、魔術には使用した形跡が必ず残されるものだ。貴殿についても、毒味役の尋問のあとに、じっくり話を聞かせていただくとしよう」

セザールが含みのある目を向け、ほの暗いその感情をちらつかせていた。そのとき、晃はふと以前にアロイスから聞いた政治的な派閥《はばつ》のことを思い浮かべた。セザールはアロイスの側近の一人であるはずだが、補佐官長のベリルらとは違い、どうやら晃に対してはあまり好ましくない感情を抱いているようだ。

「この場にお集まりの皆さんについても、後ほど順番に聴取《ちょうしゅ》させていただくことになるでしょう。非常事態ゆえ、どうか御承知おきください」

有無を言わさぬ気迫のセザールに、誰も異を唱える者はいなかった。セザールと晃のやりとりを見ていれば、ここで何か不満を漏らそうものならば、疑われるかもしれないと悟ったのだろう。

衣装に対しての追及なら後学のためにいくらでも受けていい。だが、いわれのない疑念を向けられるのはもどかしいものがある。しかし今はただ、ルーンのことが心配でならなかった。

「では、コウ様、私についてきていただきますか？　ご案内いたします」

報告にやってきた国王補佐官の一人が、晃に声をかけてきた。

「はい」

腑《ふ》に落ちないとは思ったものの、とにかくルーンの様子が気になるし、アロイスと話がしたい。晃はすぐに頷き、彼に付き従った。その間もずっとセザールの視線が蛇《へび》のように絡みついてきて離れなかった。


晃がさっそく案内されたルーンの部屋に行くと、担当した医者が道具を持って部屋を出るところだった。側に控えていたメイド達は医者に礼を告げ、周りの道具を片付けている。双璧の騎士は後方で待機し、ベッドに寝ているルーンを見守るアロイスが、こちらに気付いた。

「陛下、コウ様をお連れしました」

晃を案内してくれていた国王補佐官の一人が報告すると、アロイスは双璧の騎士の方を振り仰いだ。

「皆しばらく外してくれ」

「承知しました」

「御意」

皆が部屋を出たあと、双璧の騎士は近衛兵の側近くで待機いたしますとだけ告げて扉は閉められた。

部屋には、アロイス、ルーン、晃の三人だけが残される。

「ルーン殿下のお加減はどうなんでしょうか？」

「大事ない。すっかりよくなったようだ。ただ、機嫌がよくない。近づいてみてくれないか」

アロイスに頼まれ、晃はベッドの中にもぐって布団を丸かぶりしていたルーンの顔を覗き込む。すると、晃が来たことにようやく気付いたらしい、ルーンがもぞりと顔を出し、頬を紅潮させた。

「せんせ！」

最初に出会ったときから、ルーンはずっと晃のことを先生、と呼んでいる。甘えるような目を向けられ、晃は微笑んでルーンの側にある椅子に腰を下ろした。

「ご無事でよかったです」

小さな手をそっと握ると、ルーンはほっとしたように息をついた。

「とんでもないことになってしまったな」

アロイスが申し訳なさそうにかぶりを振った。

「あの、毒のようなものがどうとかいうお話をされていたのですが……」

「私やルーンおよび王族の食事については、必ず毒味役が数名担当する。私とルーンにはそれぞれ専属の毒味係がいる。今頃、聞き取り調査をされている頃だろう。だが、なぜこのタイミングで問題が起きたのか、疑問に感じているところだ」

「衣装のコンテストが……何か関係あるのでしょうか」

「わからないが、賞金や名誉が絡むことにはなんらかの思惑が働いてもおかしくはない。王族が審査員や参加者と繋がっていないか、審査員が賄賂《わいろ》をもらっていないか、参加者が不正を働いていないか、それらについては私の腹心である宰相セザールが中心となって問題の解決に当たるだろう。その結果次第では、残念ながらコンテストの中止も考えられる」

険しい表情を浮かべたまま、アロイスは言った。

「そう、ですよね。ルーン殿下がこんな状況になってしまったんですから……」

晃もまた声を沈めた。ルーンに喜んでもらいたい一心で衣装作りに挑んできた日々を想うと、晃は肩を落としてしまう。けれど、今はルーンの無事がとにかく第一だ。

「ルーンの容態については医術者から話を聞いたが、いたって健康だ。毒物に対する急激な反応のようなものではないらしいという見解を出した。とすると、毒味役は関係がないかもしれない。関係あるのだとしたら、魔術かもしれない」

「魔術……」

さっきセザールが晃に疑いの目を向けていたことが思い出される。

「そうなると、医術者の診る範疇《はんちゅう》ではなくなる。そこで——」

アロイスが話を続けようとしたとき、ルーンが晃にいきなりぎゅうっと抱きついてきた。

「ルーン殿下？」

何やら様子がおかしい。ルーンの体が震えている。やはりどこか具合が悪いのではないのだろうか。

「せんせ……」

「ぼくは、いない」

「え？」

言葉の意味を計りかね、晃は首をひねった。すると、アロイスがため息をつく。

「……要約すると、この先、衣装を決めたとしても、それを着るつもりはなく、誕生祭にも出たくないとベッドの中に籠城《ろうじょう》したというわけだ」

「なるほど。ルーン殿下、何か気になることがあるんでしょうか」

「いやだ。ここ、いる」

頑《かたく》なに拒《こば》むルーンを前にして、晃はどうしたものかとうなった。

「先ほどの件で、怖くなってしまったのでしょうか？」

「昔から人の目に晒《さら》されることを好ましくないと感じているようだからな。我慢してやっとあの場に立ったのは、コウがいるからだ。衣装を楽しみにしていたからな。おまえの衣装に泥を塗ってしまったのではないかと悔しがっているのだろう。ルーンの心境は私にも理解はできる」

「ルーン殿下…そんなこと思っていません。どうか、気に病《や》まないでください。なんだって僕は、殿下のために作りますから」

晃の胸もきゅっと締め付けられる。

「ちがう、ぼくは……やっぱり、ゆうき、ない」

ルーンは大きな瞳に涙を貯めていた。

幼いながらも大人びたところのある彼は、自分に対する情《なさ》けなさを感じているのかもしれない。それでもしっかりとその場に立とうとしている姿に、晃はどうしようもない愛おしさを感じると共に敬意を抱いていた。ともすれば、自分の過去に重なる部分すらあった。

同情、いや共鳴《きょうめい》というものだろうか。

ルーン殿下の力になりたい、強い想いが胸の中に駆け巡っていく。何か内側から力がみなぎるような気配がした。

晃は自分を雁字《がんじ》搦《がら》めにしていた呪縛《じゅばく》をゆっくりと解いて浄化していくような気持ちで、すうっと息を吐く。それからルーンの目線の高さまで跪く。

「ルーン殿下、だめだなんて、そんなことありませんよ。ご立派です。ここから先は僕に任せてください。先生がルーン殿下の衣装に魔法をかけておきましたから」

「まほう？」

「はい。ルーン殿下の勇気が出ますように」

晃は願いを込めてルーンの手に触れた。幼い王子を励ますためにそうしたつもりだった。

異変はその直後に訪れた。晃の手のひらから光が溢れ出したのだ。それは以前に見えたあのキラキラとした光の粒子《りゅうし》だ。それらが泡のように弾けて、その光量を強めていく。

（え……？）

晃は思わず目を擦った。衣装制作のときにも感じた目の疲労だろうか。その光はどんどん強くなり、目を開けているのも辛くなってくる。

「ッ――」

真っ白に染まるのではないかと思った視界は、やがてゆっくりと落ち着いていき、眩い光を放ったまま輝いている。

「せんせ、の、まほう！」

ルーンは興奮したように頬を染めていた。

当然、晃に魔法なんて使えない。この異世界に来てから、魔法を使ったことなんてない。ルーンに対して告げた魔法、というのは言葉の喩《たと》えとしてのものだ。元の世界でデザイナーが魔法使いのようだと喩えたときのように。けれど、今は本当に光が見えている。自分が持っていかれそうな気配がして、晃はだんだんと怖くなった。

しかし。

【恐れるな】と、魂に訴えかけてくる何か強い力を感じ、晃は息を呑む。そして勇気を出して心を開くと、さっき感じた内側からみなぎる力が強まっていく感覚が研《と》ぎ澄まされていくようだった。

「これは――」

と、アロイスが息を呑んだ表情を浮かべる。晃と同じように眩しそうに目を細めていた。

「陛下も見えていらっしゃるのですか」

「ほし、きらきら」

ルーンの表情は光のように輝いている。晃は眩い光の中、目を眇《すが》めながら落ち着くのを待とうとした。

けれど、いつまでも輝きは衰えない。まるで本当に魔法をかけたみたいに、いつまでも覚めない煌めきに包まれているみたいだった。その光は、晃の手からルーンへと移っていく。

星あるいは月の光が集合して集まった模型のような、しかし触れることのできない光。やがてゆっくりと霧散《むさん》していった。

圧倒されていると、ルーンがしゃんと背筋を伸ばした。

「もう、へいきだ」

「ルーン?」

唖然としている間に、ルーンは笑顔を咲かせている。アロイスは驚愕の表情を浮かべたまま、晃自身はただ狼狽《うろた》えていた。

「まほう、すごい、せんせ、すごい」

ルーンはすっかり興奮しきっている。さっきの青ざめていた表情はどこかへ消え、血色のいい笑顔を見せている。そしてベッドの側にあった本を広げ、機嫌よくそれを眺めはじめた。

アロイスと目が合った。彼は何かを考え込むように顎のあたりに手をやって所在なげにしていた。それが何か聞かなくても晃には分かる。今起こった異様な光景について言及したいのだろう。しかし晃から説明できることは何もない。

ただ分かるのは晃の手から光が溢れ、ルーンにその光が移ったということだけ。普通では考えられない現象だ。

「コウ」

「は、はい」

返事と共に自然と体が強張った。

「やはり、おまえには能力が……ひょっとして魔術師なのでは？」

「それはありえません。勿論、交渉のときにも嘘をついていません」

晃は即座に首を横に振った。さっき、魔術の話をしたばかりだった。この状況では、セザールに疑惑の目を向けられるのも無理はないだろう。だが、アロイスに少しでもそう思われてしまったらと考えると、ショックだった。最悪せっかく培ってきた信頼を失うことにもなりかねない。

「であれば、先ほどの力は……？」

アロイスは困惑した表情を浮かべる。疑念を抱いているといったふうではないことがせめてもの救いだ。

「実は、最近、衣装づくりをしているときにも光を感じたんです。最初は目が疲れているからそう見えるのだと思っていました。僕自身とても戸惑っています」

「ならば、異世界からの旅を経て、こちらの世界で芽生《めば》えたということだろうか？　何かきっかけはなかったか？」

「きっかけ……」

晃はハッとする。

そういえば、この世界に飛ばされる時に光に包まれたことがあった。それが何か関係しているのだろうか。この光の正体を突き詰めたら、元の世界に戻れる手がかりを得られるのだろうか。

「この光はたしかに魔法のように思う。ルーンにとって悪《あ》しきものではないだろうということだけはわかる。おまえに術を得た自覚がないのであれば、自然発生したものといえるだろう。だが、こうも考えられる。おまえがこの世界に召喚《しょうかん》されたのは、おまえが能力者であったから、と」

晃は即座に首を振った。唯一の味方であるアロイスを失いたくない一心だった。この世界にきてアロイスは晃のことを守ってくれ、認めてくれた。そんな彼に誤解されて見放されたくはなかった。

一方で、晃はこの世界にきたときのことを冷静に振り返っていた。

「それは、考えられません。本当に普通の人間です。僕は光に包まれてこの世界に投げ出されました。こちらへ来てからというよりは、導《みちび》かれて得たように感じます」

「ふむ。なるほどな。導き……か」

「でも、あのときの光ともまた違うような……」

晃は想いを巡らせる。誰かのためにつよく願いを込めようとしたときに、あの光が現れた気がする。でも、魔法使いでもない自分がコントロールできるものであるかは疑わしい。今のところは偶然としか言いようがない。

「しかし実際、おまえの力が不思議なものであれ、助けられたことには変わりがない。最近前向きになっていたルーンが塞いでしまい逆戻りしたのでは、取り返しがつかなくなるところかもしれなかった」

肩の荷を下ろすかのようにアロイスはため息をついた。

「いえ。僕は何も……」

「いや。先ほどの件を差し引いても、おまえの存在のおかげで、ルーンが笑顔を見せるようになったことには変わりがない。感謝している」

アロイスが微笑んだ直後のことだった。

「――そういうことでしたか」

低い声が響きわたり、晃とアロイスは固まった。

振り向くと、宰相セザールが苦虫を噛み潰したような表情でこちらを見ていた。

「声をかけましたよ。返答がないので、心配になって兵に開けさせたのです」

「すまない。すぐに話を済ませるつもりだった。おまえこそ何か火急の用事か」

「ええ。私はとある疑念を抱いているのです」

「何だ」

「やはり不正があったということでは」

ちらり、とセザールが晃に視線を投げる。

「……っ」

「魔術を使った形跡と、その気配がしまして、もしやと思い、飛んできたのですよ」

魔術には使った形跡が残されるものだと、大広間でセザールは言っていた。

しかし本当に察知して駆けつけたのかと驚いていると、アロイスがため息をつき、晃の方を向いた。

「セザールは魔法薬学、魔術文化の方面に精通しているのだ」

「魔法……魔術」

「ええ。私には使えませんが、形跡や匂いや音などといったもので感じとることはできます。あなたこそ魔術師ですか？」

「実はその件を私は今コウに尋ねていた。身に覚えがないということだった」

晃は即座に頷く。セザールの眉が微かに動いた。不快感を隠すつもりはないらしい。

「すぐに信用するのですか。本当にそうと確信できるでしょうか？」

「仮にもしそうだとして、此度の件に何か問題はあるだろうか。コンテストは衆人監視の元で不正のないように行われた。衣装に問題がないのであれば、今日のことはまた別の話になるだろう」

アロイスは晃を庇い立てるようにセザールの前に出る。

ただならぬ気迫を感じたのか、セザールは一瞬怯んだ様子を見せたが、それでも言い足りないらしく、わざとらしく咳払いをしたあと話を続けた。

「陛下、以前より懸念しておりましたことです。その者に少々入れ込みすぎではないですか。国のトップとして公平でなくてはなりませんよ」

「無論だ。何か利益を得ようと考えて魔術を使ったというのならもちろん話は変わってくる。だが、コウは心を込めて衣装を作り、そしてルーンの勇気を願い、励ましにきてくれたのだ。それの何が問題あるというのだ。人々が神の加護を求め、神は人に幸福を授ける。人々が神への感謝と引き換えに加護を賜《たまわ》ることと一緒だ」

「ずいぶんな崇《あが》めようですね。これ以上、肩入れをするようならば、疑われるのも無理はないということです。今後のことをよくお考えになられたほうがよいでしょう」

セザールは柔らかい言い方をしたが、これはいわゆる警告というものだろう。次に同様のことが発覚すれば、疑惑はより強まり、王国内の晃の立場が悪くなるばかりか、アロイスに迷惑がかかるかもしれない。晃は思わず唇を噛んだ。

セザールが立ち去ってから、アロイスはやれやれとため息をついた。

「セザールの嫌味は今にはじまったことではないから、おまえが気に病むことではない」

アロイスはそういうけれど、晃としては気にしないわけにいかなかった。

「でも、あれから一ヶ月以上経過しました。帰る目途《めど》がつかないまま、いつまでも御厄介《ごやっかい》になっているわけにはいかないのかもしれません」

「王宮から離れたくなったか？　たしかに、面倒をみていたとはいえ、おまえに負荷《ふか》を与えすぎていたな。すまなかった」

「いえ！　逆ですよ！　お世話になりっぱなしなのはこちらの方ですから。僕も、元の世界に戻りたいと悲嘆しているばかりではどうにもならなかったですし」

「随分と殊勝《しゆしよう》なことだ。ここへきたばかりのときは震えていた子猫のようだと思っていたが、コウ、おまえにとっても成長の糧《かて》となったか？」

「……はい」

「この一件は、いずれ落ち着くだろう。おまえには衣装の件で残念な想いをさせてしまったが、また機会を改めさせてほしい」

「はい。もちろん、何着でも作らせてください」

「せんせ、きょう、ありがとう」

ルーンが晃の側に近づき、慎ましく礼を伝えてきた。晃はルーンより目線を下になるように屈むと、やさしくルーンに微笑みかけた。

「またルーン殿下のお気に召す衣装を作れるように、精進しますね。ですから、殿下もお元気になってください」

別れを告げるような言葉のつもりではなかったのだが、無意識にそういう流れになってしまっていたようだ。ルーンが名残惜しむような目を向けてくる。

「また、一緒に勉強しましょう」

「ん、やくそく、だ」

今日はルーンから指を差し出してきた。以前に晃がそうしたように。ルーンとの約束が増えていく。それは、晃にとっての生きる糧になるものだった。

「では、ゆっくりと休め。また何か進展があれば知らせる」

「はい」

晃が頷くと、アロイスもホッとしたように微笑んだ。

ルーンの部屋を出てアロイスと別れたあと、晃は自室へと戻った。

ふと、誰かの視線を感じたような気がして振り返る。だが、誰もいなかった。

(気のせい、か)

気を張っていた分、鉛でもついてしまったかのように体が重たい。このままベッドに身を委《ゆだ》ねたらすぐにでも睡魔に誘われてしまいそうだ。

しかし、胸の内側ではまだ動悸を感じている。あの光はなんなのか。自分の能力による魔法なのか、異世界に召喚されたときに発動された術によるものなのか。だとしたらその術を扱った対象が存在するはずだ。得体の知れないその存在に、晃は不安を感じていた。


メイドから夕食の時間だと声をかけられ、気だるい身体をなんとか起こした。

食堂に案内してもらうというときだった。

部屋の外が騒がしくなった。ルーンがまた脱走したのだろうか、と思ったが、そうではなかった。

メイドが首をかしげる。

「私、様子を見てまいりますね」

しかしその必要はなさそうだった。

槍を携えた兵士らを引き連れた宰相セザールが部屋の中に踏み入ってきて、剣呑《けんのん》な表情を浮かべたまま、晃に命じたのだ。

「コウ・ルリカワ。貴様を尋問のために拘束させてもらう」

「……っ！」

晃はとっさに声が出なかった。

「捕縛しろ」

セザールが顎をしゃくる。

「はっ」

兵士らが晃を後ろ手に縄で縛り上げ、それから左右と前後を囲いこんだ。

「待ってください！　どういうことですか」

「貴様に疑いがかかっているということだ」

「陛下はっ……なんとおっしゃっていたんですか」

「毒味役は長く仕えている者。異人の方を疑うべき……そうおっしゃるでしょう」

「話をさせてください」

「コウ、おまえは陛下および殿下に取り入って何かを企《たくら》んでいたのではないか。そうでなければ、コンテストの事件、そしてあの魔術の件、どう説明ができる」

「それは……」

「連れて行け」

容赦なく締め上げられ、弁解を許されることなく、晃は連行される。

城内は異様な空気だった。

アロイスに疑われても仕方ないだろう。だが、彼には信じてもらえると思っていた。それとも、これはセザールが独断で行っているものではないのか。晃がそう思うのは、セザールの絡みつくような悪意のある視線が常につきまとっていたからだ。

しかし反論する余地は与えられず、晃は投獄されてしまったのだった。

（……なんで、こんなことに）

しばらく牢屋の中で晃は必死に訴えてみたが、解放されることはなかった。

「諦めろ。疑われるような行動をしたおまえが悪いのだ」

見張りの兵士が煩わしそうに一蹴する。

牢獄は湿ったかび臭い匂いがし、光が届かないせいで寒かった。屈強な兵士は武具を身に着けているが、そのまま連れてこられた晃は薄着だ。側にあった薄い毛布をかぶってなんとか寒さをしのいだ。

寒さからか不安からか恐怖からか、晃は震えていた。

でも、考えてみたら、異世界に放り出されたあの日、幸い助けてもらえたが、こういう未来だってあったかもしれないのだ。今までが恵まれすぎていた。それとも夢でも見ていたのか。

だんだんと現実逃避しはじめ、疲労からうとうととしてそのまま意識が遠ざかる頃、コツンという小石が蹴られる音がして晃はハッとした。

どれくらい意識が遠ざかっていたことか、上の方にある小さな窓には闇夜の月明かりがぼんやりと見えた。夜になっていたらしい。

人の声が聞えてきた。何か言い争っているようだ。不安になって牢屋の鉄格子を掴むと、光がうっすらとこぼれ、それから人の姿が見えてきた。

アロイスが双璧の騎士を従えてやってきた。

「コウ、すまない。私の目の行き届かないところで、おまえをこのような場所に閉じ込めさせてしまった」

「陛下」

アロイスの手が鉄格子越しに触れる。彼は顔を近づけて囁くような声で言った。

「必ず、おまえをここから助け出す。私を信じて待っていてくれ」

目配せをされ、晃は静かに頷くだけに留めた。おそらく見張りの兵士がいるからだろう。アロイスは双璧の騎士に合図をし、晃から離れた。

立ち去ってしまう彼にかける言葉をいくつも考え、そのまま声に出してしまいそうになった。だが、晃はぐっと堪えて冷静に考えた。

晃が疑念を向けられている以上、もしもアロイスが晃の肩を持つようなことをすれば、彼の立場が危《あや》ういものになりかねないのだ。不用意なことが言えないアロイスの苦しい立場のことを晃は慮った。アロイスにとっても晃にとっても今は耐えなければならない状況であるのだ。

セザールの絡みつくような視線がまた思い出された。

(まさか、それすらも計算されて……)

ぞくぞくとまた震えがやってくる。晃は毛布に包まりそしてなるべく外が見える場所へと移動し、夜空を眺めた。少しでも繋がりを感じていたくて。

とにかく体力を回復し、今は身体も思考も休めることに集中するべきだ。晃はそう思い直し、ぎゅっと目を瞑った。やがて夜は明けてここの牢屋だって明るくなるだろう。地下ではないことだけが幸いだった。

目を瞑っているうちに何度目かの意識の消失がふっと訪れたとき、不穏な物音で再び晃はハッとした。

人の呻き声と倒れたような音、何者かが近づいてくるような気配があったからだ。

一瞬、アロイスの顔が思い浮かんだが、そんなはずはなかった。

目の前にやってきたのは、ローブを着た見知らぬ人物だった。小柄な体格をしたその人物は、黒いマスクで顔のほぼ全体が覆われていて表情が見えない。

「お兄さん、ここから出るよ」

声は女性のものだった。

「だ、誰」

「鍵は開いたわ。早く」

「僕を助けてくれようとしているの？　それなら、君がどういう意図で僕をここから出すのかを知りたい」

「……王様から頼まれたからよ」

「陛下から……？」

晃は疑惑の目をその女性に向けた。背中に汗が流れる。これは罠かもしれない。セザールがここへ閉じ込めたあと、晃をどこかへ連れ出す目的があったとしたら……。

「僕はここから出ない」

「どうして」

「君を信用できない。それに、陛下が必ず助け出すと約束をしてくれたからだよ」

『必ず、おまえをここから助け出す。私を信じて待っていてくれ』

アロイスはそう言ってくれた。あの言葉と彼の表情には嘘がないと晃には信じられた。だからこそアロイスを裏切るわけにはいかない。

「あのね、王様があなたをここに直接、助けに来られるわけがないことなんて考えればわかるでしょ」

「それは……」

「物事には順序があるわ。けれど、時にはそれが通用しないことがあるの。あなた、助けが来るまで健気に待っているお姫様のつもり？」

「そんなつもりはないよ。僕だって不本意なんだ」

少女の言い方にかちんときて、晃は言い返した。

「そうね。不本意……あなたってお人よしすぎない？　衣装を作ると約束をして、それを果たそうとした。なのに、疑われてこの始末じゃない。王子の世話係を押し付けられてこのザマだなんて、バカとしか言いようがないわ」

　まるで見てきたかのように彼女は言う。バカと言われても反発する気力がわかない。こんなところで言い合いしても意味がないからだ。

　晃は困惑しつつ彼女に問いかけた。

「君はいったい何者なんだ？」

「いいから、私と一緒に来て。王様のことが好きなんでしょう？　だったら私を使いに出した王様の言うことを聞きなさいよ」

　彼女の思わぬ指摘に、晃はドキリとする。勝手に顔に熱がこみ上げてくるのを感じた。

「そんなこと誰も言ってない」

「とにかく、あの王様、仕事が出来るわ。きっとすぐにまた会える。ここにいてもあの腹黒宰相に都合のいいように利用されるだけ。時間がないんだから、ぐずぐずしないで、早く！」

「わ、わかった」

　急かされると人は判断能力が落ちてしまうものだ。これが正解なのかどうかは後になってみないとわからないかもしれない。

けれど、彼女の話を聞いているうちに、不思議と彼女についていっても危険はない気がした。むしろ、ついていくべきだと直感が働いていた。アロイスが使いに出した、ということを、今は信じるほかにない。

「ここを突破しても、色んなところに護衛がついていると思うけれど……」

「平気よ。そのあたりも王様が自分の配下の騎士たちに命令をして根回ししてくれているわ。いくら厳重な警備を敷いても、こんな大きな城に死角がないわけがないの。王都に繋がる川や野道だっていくらだってある。あとは王様が用意してくれた足さえあればなんとかなるわ」

アロイスが根回しをしてくれている。そのことが晃の背中を押した。少女のいうセザールの思惑は一体なんなのだろうか。王室は一枚岩ではない。派閥もあると聞いていた。ならば、きっと今回のことで苦境に立たされているかもしれないアロイスとルーンのことが気がかりだ。しかし今は、晃の方も窮地を脱さなければならない。

黒い馬に乗り、そして少女に捕まるようにして駆けていく風を感じた。

異世界に放り出されて王宮に保護され、やっとその身の置ける場所を確立できたと思ったのも束の間、晃の周りで、何かが起きようとしている。

一体、これからどうなってしまうのだろうか。

§　7章　異世界人生の転機。脱獄した仕立て屋

到着したのは市街地のはずれにある、少女の家だという。

馬からおりて振り返ってみると、王都の賑やかな明かりがぽつぽつと星のように点在し、王宮が遠くにぼんやりと見えた。

「ここまでくれば、とりあえずは一安心よ」

馬留めに黒馬を繋ぐと、少女はようやくマスクで隠していた顔を見せてくれた。想像していたよりも幼い彼女の顔立ちには晃の中で重なる面影があった。

「——結衣？」

「え？」

「えっ」

するりと、自分の口から妹の名前が出てきたことに驚いた。それほど、少女の顔が元の世界にいたときの写し鏡のようだったからだ。無論、妹の結衣が生きていたらこうだった

だろう、という想像だが。

「誰よ。ユイって。寝ぼけてるの？」

　少女は呆れたような表情を浮かべた。

「ご、ごめん。妹に似ていたから。また会えたんじゃないかって一瞬思ってしまったんだ」

「そう」

　晃が言葉にしなくても、もう妹には二度と会えないのだということを少女は察したらしかった。

「私にもいたわ。お兄ちゃん。死んじゃったけど」

　本当かどうかわからないような口ぶりであっさりと少女は言った。その理由は今は聞かない方がいい気がした。

「本当にごめん。余計なことを言ったね」

「ううん。いいわよ。さ、中に入って」

　少女は家のドアを開き、晃を中に招く。

　そうして彼女は用心深く外の様子を確認したのち、しっかりと鍵をかけた。

「王様にはあなたを匿《かくま》うように言われたわ。ここに潜伏《せんぷく》している間は兄妹っていうことにしましょう。ちょうどあなたの妹に似ているみたいだし」

少女は溌剌《はつらつ》とした笑顔を見せた。

「自己紹介が遅れたわね。さっきはあなたを連れ出すのが最優先だったから許してほしいわ。私の名前はリーシェン。リーシェン・ハウエルよ」

「リーシェン……」

「ユイと間違えないでね。これから私はあなたのことはお兄ちゃんって呼ぶから。よろしく。コウお兄ちゃん」

晃はリーシェンを見つめた。

元の世界で動画チャンネルでもよく見かけたことがある、ある日本人のキャラクターや人物をＡＩで西洋風にした容姿といったらいいだろうか。少女は例えるのなら、元の世界にいた妹をそんなふうにＡＩでこの異世界風の容姿にしたみたいに雰囲気が似ていた。

懐かしい痛みを感じて視界が揺らぎそうになるが、肝心なことは聞けていない。

「君は何者？　普段からこういう役目を担っているの？」

「まぁ、そうね。それより、お腹がすかない？　あんな場所に閉じ込められて、ろくに食事もとれてないでしょう」

「そうだけど……そんな場合じゃなかったし……」

「体力をつけないともたないわよ。ね？　お兄ちゃん」

煙にまくような言い方をするリーシェンに戸惑いながらも、晃の思考はそれ以上を探ることができなかった。とにかく一気に色々なことが起こりすぎてくたくただったのだ。

「ソファにでも座って。ありあわせのものだけど、簡単に何か食べられるものを作るわ」

「リーシェンは疲れないの？」

リーシェンの細腕にはうっすらと筋肉が見えるものの、見た目からして兵士を倒して馬を駆るだけの体力があるとは思えない。

「体力だけは負けないつもりよ。そうやって、油断する男がざっくりやられるのよ」

リーシェンはまるで晃の心を覗いたかのように答える。

晃は側にあったクッションに顎を乗せ、肩をひょいっと竦《すく》めてみせた。

「やる気があるなら、護身術くらいは教えてあげる。それと、王様に命じられたからにはここで匿うのはいいけど、衣食住を無料で提供するとは言ってないわ。報奨金はもらうつもりだけど、それまでの間、あなたにだって働いてもらわないと困るんだから。その前にちゃんと栄養をつけてちょうだい」

てきぱきと手を動かしながらリーシェンはよく喋る。相槌を打つ暇さえない野菜や肉を炒めたものを大皿にどんと乗せて、焼いたチーズがこんがりとしたバケットを前に置いた。

「はい。どうぞ。パンは残念ながら冷え冷えだけどね」

「ありがとう。じゅうぶんごちそうだよ。美味しそうだ」

晃が微笑むと、リーシェンは少女らしくはにかんだ笑顔を見せた。女スパイ風の頼もしい彼女にも年相応の一面が見られた気がする。

それから二人で食事を進めていると、何の気なしにリーシェンが訊いてきた。

「お兄ちゃんの特技は、衣装を作ることよね」

「そうだけど。なんで……って、そっか。君にはお見通しか」

「とにかく今日はぐっすり休んで。あなたが寝たら私は少し見張りをしてくる」

「君こそ」

「私はそのあとに寝る。あなたが寝てくれないと私の睡眠も減るのよ。わかった？」

「わ、わかったよ」

晃は前言撤回をしたくなった。

リーシェンは妹の結衣に顔は似ているけれど、性格は全然似ていない。こんなふうに元気な妹を見てみたかったと想像が膨らんでしまった。

お腹いっぱいに満たされたら急に睡魔が襲ってきた。片づけを手伝ってから、晃はベッドを借りて寝ることにした。湯を張るかと言われたが、そこまで待っていられそうになかった。

ふっと寝落ちる前に、アロイスのことが思い浮かんだ。

必ず助け出すと言ってくれたアロイス。リーシェンを信用するのなら、彼は言葉通りに晃のことを助けてくれた。

今頃、彼は何をしているのだろう。ルーンはどうしているだろう。

すぐに会える、とリーシェンは言っていたが。

これから先、彼らに会うことがあるのかも今はわからない。一生会えないかもしれなかったら……そう考えると、胃のあたりがキリキリしてきた。

もう考えるのはやめよう。そうして晃は意識を手放したのだった。


目を覚ましたのはだいぶ陽が昇った頃だった。ハッとして身体を起こしたとき、晃は夢か現かわからなくなりそうになったが、待っていたといわんばかりに部屋に入ってきた少女リーシェンを見て、すぐに現実だと理解した。

リーシェンはローブを被った姿で、嬉々として晃に声をかけてきた。

「調達してきたわ。あなたに必要なものを色々とね。顔を洗ったら見てみて」

「君は眠った？」

「十分に寝たわよ。今、何時だと思ってるの？　ぐずぐずしていたら、すぐに陽が落ちちゃうわよ」

裁縫道具や布生地などが山のように積まれてあった。

「どうしたの、これ」

「働いてもらわないと困るって言ったでしょ。仕立て職人になりたいみたいじゃない。だったら、じっとしている時間は無駄でしかないわ。有効活用しないとね」

晃はパワフルなリーシェンに圧倒されるばかりだ。

「なんだか君は魔法使いみたいだ」

「魔法なんて、別にいいものじゃないわ。時として、努力をあざ笑うものにもなりえるものよ」

リーシェンがそう言い、目を伏せた。何か魔法に対して思うところがあるのだろうか、と思ったが、余計な詮索《せんさく》をするのはやめたほうがよさそうだ。

「魔法、か。僕の手からこぼれるように溢れた光はなんだったんだろう」

晃は無意識にぽつりとつぶやき、自分の両の手のひらへと視線を落とした。あの光のおかげでルーンに勇気を与えることができたのだろうか。悪しきものではなさそうだ、という見解が正しいのならば。

だが、あの光のせいで晃は疑いをかけられて投獄されたともいえる。複雑な気分は拭えないし、自分の身に何が起きているのかという不安を感じてしまう。

「魔法と魔術の違いは知ってるでしょう?」

「多少は」

魔法は、潜在的な能力により、不可思議な現象を起こすこと。

魔術は、科学的根拠や仮説に従い、不可思議な現象を起こす術のこと。

どちらも似通ってはいるが、魔法を扱える能力を持ったものが魔法使い、術者は魔法を利用してなんらかの現象を起こさせることもできると考えられる。その術者のことを魔術師と呼ぶらしい。

「ひょっとしたら知らないうちに魔術師に操られていた……とか?」

晃は思わずリーシェンを見た。

「なんてね。言っておくけれど、私は知らない。適当に言っただけよ。それと、お兄ちゃんに魔法が扱えるなら、使わない手はないわね」

「そうはいっても、なんの魔法かも分からないし、自分でもどうして発現したのかわからないんだ。ただ、光が吸い込まれた対象が元気になっただけで」

「ふうん。まるでお薬みたい。能力増強みたいな……使いこなせたら便利な魔法ね」

リーシェンが何かを考えている。

うっかり口を滑らせたことを晃は少し反省した。彼女には気さくな雰囲気があり、妹にも似ているという点もあいまって気兼ねなく話してしまう。まだ彼女が信頼できるのかどうか判断はできない。アロイスとのつながりが見えていないからだ。

晃の視線を感じたのか、リーシェンは肩を竦めた。

「あなたを利用しようなんて考えてないわよ。それと、王様には鳥を飛ばしたわ」

「鳥？」

「手紙を運んでくれる伝書鳩のこと。あらかじめ練習してルートを覚えさせてあるのよ。その鳥が戻ってくる場所があるから、今からそこに行く。ここは一時避難場所。ここにずっと拠点を置いておくわけじゃないの」

家の後ろには馬がいて、木箱を乗せたリアカーみたいな二輪の荷車が置かれてあった。それで移動するらしい。荷台に何も積んでいないようだが、元の世界ではこれに野菜や花を積んで売っているところを見たことがある。

「……ついでに、移動販売でもするの？」

「ええ。小銭稼ぎをしながら、それで色々な情報を得たりするのよ。あと、拠点はいくつか構えておかないと。一つだけじゃ逃げ場がないでしょう」

随分と慣れている様子だ。ますますリーシェンが何者なのか気になって仕方がない。けれど、探ろうとすると彼女は決まって嫌な顔をする。

「ほら、王様からの手紙が欲しいでしょう？　ぼさっとしていると置いていくわよ、お兄ちゃん」

考えている間にリーシェンがあっという間に行動に移してしまうのでついていくので必死だ。彼女がいうように、アロイスがどうしているか知りたい。本当に彼から手紙が届くのであれば、それがリーシェンのことを信用する判断材料になるだろう。まずはそこからだ。

そうしてリーシェンについて行き、何度か休憩をしながら到着した場所は賑やかな街の中だった。大きな円形の噴水を中心にレンガ畳みの道が広がり、四方に名前のついた通りがある。

「ここは？」

「王都で一番賑わっている中央広場。王宮から馬車で三十分もかからない場所かしら」

「目立たないように街はずれに来たんじゃ……」

晃は思わず周りを見渡した。

「まあ、警吏《けいり》の巡回くらいはあるけれど、逆に妙な輩《やから》はめったに出没しないわ。灯台下暗しっていうものよ。それに、商売するんだもの。相手はできるだけお金持ちじゃなきゃ」

旅商人を装って街まで移動したということらしい。あの街はずれの家はあくまで、リーシェンが身を隠す拠点のひとつにすぎないということなのだろう。

「この住宅街にひとつお店を作るわよ」

「え？　旅商人じゃなくて店舗販売するっていうこと？」

「旅商人を装うのは私の仕事の一部。あなたが私について回ったら見世物になるだけで匿う意味がないじゃない」

「それは確かに……」

「はぁ。雇い主が人使い荒いと大変だわ。まずは準備しなくちゃ」

王都の中心には街の番号がつけられていて、一番街から十二番街まで存在する中、案内されたのは国王であるアロイスが所有する領地の中の一番街の一等地の邸。しかも警備も行き届いているので安心だとお墨付きの場所ということらしい。

「そのうち、許可していない人間を領地に踏み入ることができないように一時的に制限をかけるつもりでいるらしいわ。その間に、色々と準備を済ませておくことね」

案内されたのは、閑静な住宅街にあるこぢんまりとした店で、少し前まで夫婦が鞄屋を営んでいたらしいが、だいぶ年老いたのでこのほど畳んだらしい。中は店と工房が一続きになっていて住居の役割を果たせる部屋もあった。かなり限定的な作りになっているせいで買い手がなかなかいないらしく、そこをアロイスがリーシェンを介して買い取ったらしい。

「ここにいれば王様に守ってもらえる。怪しまれるような行動をしなければ何も問題ないわ。あなたは新天地のここで、思う存分に衣装を作って時が動くのを待っていればいいのよ。身軽な私はあなたが作ったものを移動販売する。見た目が目立っているあなたはここで大人しくじっくりと仕立て職人として働く。どう？　いい案でしょう？　お店に関しては王様が言い出したことだけど、これは私が提案したことなの」

リーシェンはなぜか誇らしげに、そして楽しそうに胸を張った。

「いい案というか、願ってもないことだけど……」

晃は唖然としたまま立ちすくみ、それからリーシェンを見た。

「まだ私のことを追及したいの？　王様からの手紙だってちゃんと明日には届くわよ」

「任務だっていうことは理解しているよ。だからこそ、どうして君がそこまで僕のためにしてくれるのか、気になったんだよ」

「任務とは別のところに理由があるとしたら……死んじゃったお兄ちゃんにちょっと似ているからかな」

寂しそうに、そして気恥ずかしそうにリーシェンは言った。

「え？」

「コウと一緒。だから、私もあなたのことをどこか他人と思えない部分があるのよ」

困ったように眉を下げるリーシェンを見て、それ以上は何も追及できなくなってしまった。

「そっか」

「そういうことにしておいて」

本当かどうかは確かめる術はない。けれど、彼女の表情に嘘はない気がした。

さっそく店の中に入り、作業場所として使われていた工房や住居部分などを見学させてもらった。綺麗に清掃がされていて、いつ稼働してもいいように準備がされていた。

（すごいとんとん拍子だ……）

王宮から抜け出した現状、元の世界に戻れる可能性が限りなくゼロになってしまった事実には落胆もしたし、頼みの綱の占い師の消息が掴めない、ということは今でも気がかりだし、アロイスと引き離された今、心もとない。

けれど、もうここまできたらどうにかしていくしかない。実際、晃はこの異世界で生きているし、時間は確実に流れているのだから。

「片づけが済んだら、お店の名前でもつけたら？」

楽しそうにリーシェンが言う。

「いいのかな？」

「王様はあなたに任せるって言うわよ」

「……だったら、考えてみようかな」

色んなことが一気に起こりすぎて目が回りそうだ。

（それにしても……）

衣装に触れた手から溢れた光はなんだったのか。

それもここで暮らしているうちに明らかになっていくのだろうか。

一段落した頃、店の名前は悩んだ末『幸せの青い鳥』に決めた。看板には漢字や片仮名ではなく、この世界の習った文字で『アトリエ工房・幸せの青い鳥』と綴ってある。来てくれたお客さんの笑顔が見たい。そして、たくさんの幸せが訪れますように。

その日の夜は疲れ果ててすぐに眠ってしまった。

翌朝、リーシェンが言っていた通りに、店の窓のあたりに伝書鳩がやってきて、アロイスからの手紙が届けられた。リーシェンに手紙を外してもらい、筒の中に包まれた羊皮紙《ようひし》を広げる。そこにはこう書かれていた。

『無事にたどり着けたようでなによりだ。これからも不定期になるかもしれないが、事態の全容が見えるまでは文でやりとりをしたい。もし音信不通になった場合は、彼女を使いに出してくれて構わない。私は、おまえとの約束を違えない……必ず会いに行く』

約束を違えない、という言葉の覚悟を伝えるような力強い筆跡を目で追う。

必ず会いに行く、というその言葉をかみしめるように、晃は胸に刻み込んだ。

そして、アロイスへの返事のために筆をとったのだった。

＊＊＊

花盛りのある日に異世界の客人である晃が現れてから一ヶ月半。

そしてその晃が脱獄してからまもなく二週間が経過しようとしていた。

青々とした空はまるで雲一つなく、王宮内の新緑の木々の葉が爽やかな風に吹かれてざわつくようになった。さらにあと二週間もすれば、今度は週の半分以上が灰色の雲に覆われた雨の日々が続くことだろう。

「一体、あれから、どれほど経過していると思っている」

静謐《せいひつ》な宮殿の回廊の隅で、激昂した声が響きわたった。

「も、申し訳ございません。手がかりはあたったのですが……」

臣下は恐縮しきって何度も頭を下げた。

（やれやれ、またか）

宰相セザールが苛々とした様子で臣下に怒鳴り散らしている姿をアロイスは連日のように見かけていた。

晃に疑念が集まるように仕向けたのはセザールに違いないという考えがアロイスにはずっとあった。しかし腹心であるセザールが相手だからこそ確かなことがわからないうちに断定するわけにはいかない。

その一方、証拠を集めるのには苦難の道だった。

だが、諦めるわけにはいかない。

アロイスは自身の政務の傍ら、双璧の騎士をはじめ秘密裏に私兵に任務を与えている。セザールを攪乱《かくらん》している間に、色々と調べを進めるためだ。

晃を脱獄させるために、アロイスは間者《かんじゃ》を生業《なりわい》とする少女のリーシェンに仕事を任せた。

彼女とはだいぶ前からとある事情で取引があったが、今回の件を委ねるのは彼女が適任だと判断した。その後、晃のことは無事にアロイスの管理下にある場所に匿うことができ、その後、秘密裏に手紙のやりとりはできている。だが、これはあくまで一時的な対処にすぎない。

『……僕はあなたを信じています。王宮にいるときから、僕のことを色々気にかけてくださったことをとても感謝しています。どうかご無事でいてください。会いたいです。また会える日が来るのをここで待っています。再会したときには、もっといい服を作ることができるように……』

最初に晃から届いた手紙のことを、アロイスは思い浮かべていた。

きっと様々な感情を得たことだろう。晃はアロイスに会うことを求めている。それができないことを理解もしているのだろう。いじらしい晃に対し、アロイスの感情は波立った。

しかしまだ、晃に会いに行けていない。今の今、アロイスが安易に城を抜け出すわけにはいかない。時期を窺っているところだ。

(もう少しだけ待っていてくれ)

一方、もうひとつアロイスには悩みの種があった。元気になったはずのルーンが日に日に元の塞ぎがちな性格に戻りつつあることだ。王室内が荒んでいることが一因だろう。そして何よりルーンは晃を慕っていた。初めてできた友人あるいは兄のような存在を失った喪失感に心を痛めているのだ。

ルーンには日々王子として必要な教育を与えている。帝王学、馬術や剣術、作法、教養。そのどれも年齢よりも遥かに優れた能力をルーンは持っていて、ルーン自身の知識欲は尽きることがない。しばらくは勉学の方に意識を向けていたようだが、この頃はため息をつくことが多くなったようだ。

以前のようにメイド達を困らせるようなことはないが、だからこそアロイスは心配だった。元々賢いルーンは人の心の機微《きび》に聡《さと》い。その分、内に感情を閉じ込めてしまう。

ここは従者に任せっきりにしておいていいものではない。父親である自分が動かねばならない。アロイスはそう判断した。立て込んでいる政務が片付かず、追いかけるようについて回る側近達には申し訳ないが、アロイスはルーンと過ごす時間を少しでも長くもうけるように徹底した。

そうしてルーンの気持ちが少し落ち着いてきた頃を見計らい、部屋に籠っていたルーンの元を訪れ、晃の件に触れることにしたのだった。

「ルーン。以前に、コウはおまえになんと言ったか覚えているか？」

アロイスの言葉に、ルーンはハッとした顔をする。

「約束は必ず果たしてくれるやつだ。信じていなくてはどうする。必ずや、私がまたコウと会えるようにする。ルーン、それまでおまえはおまえの使命を果たせ」

「はい、ちちうえ」

ルーンの顔つきが引き締まったように見えた。

アロイスは穏やかに微笑み、頷き返したのだった。

——その後、アロイスは執務室へと訪れた伝書鳩から手紙を受け取り、リーシェンからの報告に目を通す。

セザールの方は何も進捗がないらしい。それならば、すぐにでも晃を迎えに行くべきかと思案したが、今たとえ迎えにいったところでまた同じように貶《おとし》められ、悪意ある者の術中にはまるとも限らない。

（なぜ、セザールは我々からコウを引き剥がそうとするか……）

汚点を排除したがる潔癖な性格から起こした癇癪というわけではない。王宮内の反対勢力にある派閥は黙認しているというのに、そうまでして晃を邪魔者にする理由は何か。無論、派閥が生まれることはけっして悪いことばかりではない。国王および王族を諌める存在は必要だ。

つまり、異世界の客人が王室にもたらす影響を、セザールは恐れている。そしてアロイスの利になると困る理由がセザールにはあるということだ。

（やはり、そうか……）

アロイスの考えはある一つの仮説にたどり着いた。

そして、策をまとめた上で、双璧の騎士を呼び寄せた。

「ただいま参りました」

「なんなりとお申しつけください」

双璧の騎士、クロードとシャルルが二人揃って跪くと、彼らは頭を垂れて用命を待つ。

「ある場所におまえたちを派遣したい。時期についてはまた伝える。それまでは定期的に王都のとある地域に視察に出てもらいたいのだ」

アロイスは巻物を広げる。中身は地図になっており、おおまかな目的の地点を指さす。

間者対策ではあるが、実際、目的の場所は地図にはなかったからだ。

「……ですが、陛下の護衛が手薄になります。我々はあくまでも陛下の騎士です。他の騎士に任せるべきでは」

難色を示すクロードに、隣にいたシャルルも同調する。

「私も右に同じです。御身に何かがあっては我々としても困りますからね」

二人の反応はもっともだ。アロイスもそれは想定していた。

「無論、承知の上だ。だから視察に出るときは私も共に行く」

アロイスの言葉を受け、強面なクロードの常に凛とした表情に初めて動揺が走った。

「まさか、城を空けるということですか？　それは危険では……」

その一方、シャルルは心得たように頷く。

「なるほど、コウ様にお会いしたいんですね」

「陛下がそのような浅慮《せんりょ》な私情で、城を空けるわけがないだろう」

クロードがシャルルに噛みつくと、シャルルは心外だとかぶりをふった。

「愛する者のために助けに行きたいのだろう」

「何を言っている。仮にも相手は脱獄した囚人だ」

「それは誤解だともう判っただろう。何より陛下の前でそのようなことを、口を慎むべきじゃないか」

普段、どちらかというと温和なシャルルもクロードの言いぐさにカチンときたらしい。

アロイスは小さくため息をつく。言い争いをしている二人に申し訳ないと思う。だが、晃に会いたいという気持ちはもちろんアロイスの中に強く在るのはたしかだった。しかし、騎士が懸念しているような失態《しったい》は犯さない覚悟を、アロイスは国王として胸の内にしっかりと刻んでいるつもりだ。

「二人とも、喧嘩《けんか》をするのはあとにしてもらいたい。私への咎《とが》ならばいくらでも浴びよう」

ハッとしたらしいクロードが向き直る。

「も、申し訳ございません。取り乱しました」

「大変、失礼いたしました」

シャルルもクロードに続いて非礼を詫びた。

「いや。おまえたちの心配はもっともだ。だが、私にも考えがある。城には後継者であるルーンがいる。周りの警護はしっかりと頼んである。そして、私が不在の間、影武者を用意する。短い時間であれば問題はないだろう」

無論、城を出る危険など、アロイスが一番理解している。

だが、アロイスには考えがあった。内部にある思惑をこちらから惑乱させる目的だ。

双璧の騎士は納得のいかない顔をしてはいたが、主君の命令は絶対だという考えがそれぞれにはある。彼らは渋々とだが、頷いた。

「おまえたちの腕前には信頼を置いている。頼んだぞ」

「御意。任務は必ず遂行いたします」

「承知しました。必ず陛下の御身を御守いたします」

あとは時期を見計らうべきだ。その頃合いを探ることが難関かもしれない。

しかし虎視眈々と悪意の手が伸びる前に、その毒の茨を断ち切らなければならない。この先の王室の安寧と、なにより国の平和のために。

＊＊＊

「じゃあ、行ってきます」

「ありがとう。リーシェン。気をつけて」

晃が工房でデザインしたり制作したりしている間、リーシェンは完成した小物などを売りに行ってくれている。前に彼女が言っていた、旅商人を装った移動式販売だ。

現状、衣装を量産することやはじめからオーダーを受けることは難しいので、まずは名前と商品を知ってもらうために、小さなものから制作することにしたのだ。

例えば、日よけ用の手袋、鞄につけるチャーム、小さめの手提げ鞄、ブローチやポシェットといったもの、それからぬいぐるみや人形に着せるくらいの大きさのミニチュアの洋服。

店の名前を決めて看板を取りつけ、開店時間や閉店時間、作った商品の値段を考えるなど色々してみたものの、まだ店に客がやってくるような段階ではなく、開店休業のようなものだ。けれど、じっくりと過ごせるという点では快適だった。

一通り移動式販売をこなしてリーシェンが戻ってくる頃、一人の中年の女性が訪ねてきた。

「オーダーをお願いしたいのだけれど……いいかしら？」

オーダーと言われて、晃はちょっとだけ狼狽えてしまった。

制作はしているが、オーダーを受けるのは初めてのことだからだ。

「あ、ありがとうございます。それでは、今日はご依頼内容を聴かせていただき、お見積もりをお出しする形でもよろしいでしょうか？」

「え、ええ。できたら、なるべく早めにお願いしたいのよ」

「承知しました」

あたふたと返事をしつつも、なにやら落ち着かない様子の女性のことが晃は気になった。

何か早く注文しなければならない事情でもあるのだろうか。

晃は店の裏で片づけをしていたリーシェンに声をかけた。

「お客様用のお茶をいれてもらえないかな？」

「かしこまりました」

返事があってしばらくするとハーブの爽やかな香りが漂ってきた。

「他にお客さんもいませんし、こちらでゆっくりお話を聞かせていただけますか？」

晃はにこやかに女性に声をかけ、奥のカーテンの向こうにある部屋に案内した。

その部屋には試着室のほかに工房に繋がる応接間があった。

「よろしければこちらをどうぞ」

リーシェンがお茶を出すと、女性はほっとしたように一息ついた。

「まぁ、ありがとう。せっかくだからいただくわ」

女性がお茶を飲んでいる間、タイミングを見計らい、晃はオーダーシートに記入をはじめるふりをして、女性の様子を窺った。

「今回はどういったご希望でしょうか」

「実は……小耳に挟んだのよ。ここのオーナーが作るものには不思議な力があるんだって」

女性はちらりと晃の様子を窺っていた。意表を突かれた晃は、側に控えていたリーシェンを思わず見た。彼女がそういった宣伝をしたのかと思ったのだ。

晃には別に咎める気はなかったのだが、リーシェンは心外とばかりに慌てて首を横に振った。ひとまずそれはあとで言及することにし、女性の話に耳を傾ける。

「小物入れを持った女性の恋が実ったとか、ストールを買った女性に恋人ができたとか女性は恥ずかしくなってきたのか頬をうっすらと赤く染めている。

「なるほど。ジンクスのように広まったようですね」

晃としてもなんだか自分の作品が一人歩きしているような不思議なくすぐったさを感じてしまった。

「ええ。年甲斐《としがい》もなく本気にしてしまって……恥ずかしいわ、こんな話」

「そんなことありませんよ。僕が作った衣装や小物が、そんなふうに誰かの幸せに繋がっているのだとしたら、こんなに嬉しいことはありませんから」

「仕立て職人冥利《みょうり》につきますね、オーナー」

盛り立てるためか、先ほどの意趣返しか、リーシェンがそっと声をかけてきた。その場の空気が和らぐと、女性はようやく気持ちがほぐれたらしい。秘めていた特別な事情をぽつりと話してくれた。

「実は、別れた夫とやり直したいと思っていて、そのきっかけが欲しいと思ったのよ」

「なるほど。そうだったんですね」

「ええ。私の思い過ごしでなければ、同じ気持ちでいると思っているの。記念日になるとポストに押し花の栞《しおり》が入った手紙が届いていたのよ。どちらも意地っ張りな性格だから……」

「栞ということは読書がお好きなんでしょうか？」

「そうなの。二人とも大の読書好きよ。それがきっかけでお付き合いをして結婚したの」

「であれば、ブックカバーなんてどうでしょうか？　少しお時間をいただければ、ストールのようなものも作れますが……いかがですか？」

「ブックカバー、いいわね。どんな感じに出来上がるのか、デザイン案を見せていただけるのかしら？」

「もちろんです。ご希望をお伺いしますし、一部でも全てでもお任せいただいても構いません」

「じゃあ、青いアガパンサスの花の刺繍と、それにあう色のデザインをお願いしてもいいかしら？」

あらかじめ女性は考えていたのかもしれない。携えていたショルダーバッグから一冊の本を取り出す。その中に青い花の写真があった。

「かしこまりました」

夜明け前に見られる瑠璃色のような、あるいは濃い紫と青を溶かしたようなアガパンサスの花の色は美しく、ドレスのドレープがふんわりと広がるような花びらがいくつもふわ

ふわと羽を広げている様子からは自然と幸せの音色が聞こえてきそうだった。

「アガパンサスの花には、何か思い入れがあるのでしょうか？」

「結婚式のときにもっていたブーケとブートニアがアガパンサスだったのよ」

晃はそうして女性にヒアリングをし、アイデアを起こしていく。自然とイメージが膨らんでデザインをいくつか提案することができた。

女性は納得したように頷き、見積内容にすぐに了承してくれ、さっそく予約内金を支払うと、オーダーシートにサインを残していったのだった。

「よかったですね、オーナー。初オーダーおめでとうございます」

「まずはちゃんと形にできるように作ってあげないと」

浮かれてばかりはいられない。材料費やオーダー費用の話だけではない。女性の希望を預かっているのだ。

——どうか、彼女の願いが叶いますように。晃は想いを込める。

この日は、晃が王宮の人達以外の異世界の人と繋がりをもった初めての日だった。

§　8章　叶ったはずの夢、まぼろしの妹

異世界に来てから、季節が一つ進もうとしている。この世界にもだいたい三ヶ月サイクルの気候の変化、つまり四季があるということは王宮の授業で教わった。

それを今、実際に体験しているところだ。

花盛りからやがて緑の木々が風にざわめきはじめ、この頃は初夏のような爽やかな青空が広がったかと思えば、雨混じりの日も増えてきた。だいたい三日に一度くらいの頻度で雨が降っているかもしれない。湿度が低いからか、元の世界の日本のようなじっとりとした感じはしない。たとえば、梅雨時期のないパリのような気候なのかもしれない。

（三ヶ月……か）

突然、異世界に放り出されたあと、王宮に保護された日々を振り返ると、親切にしてくれたアロイスやルーンたちに申し訳ないような気持ちになる。そして気を抜けば彼らに会いたいとこみ上げてくる寂寞《じゃくまく》とした想いがあった。

アロイスとルーンの笑顔が忘れられない。

……と同時に、元の世界に戻ることが目的だったことを思い出させられる。

元の世界とこの異世界とで、時間軸がどのようになっているかはわからないが、同じように時間が過ぎているのだとしたら、元の世界ではもう同級生は卒業しているし、とっくに働きはじめている頃だろう。元に戻る方法がわからないこともそうだけれど、遅れをとった自分に居場所があるかもわからない。

甘い感傷《かんしょう》は一人の時間にこういった不安や焦りを思い出したときに起こってしまう。そのたびに、晃は自分も今はこうして働いているのだから、と言い聞かせることでなんとか気持ちを落ち着けていた。

先日オーダー依頼のあった女性のアガパンサスのブックカバーは無事に完成し、やってきた女性は想像していた以上にとても喜んでくれた。その数日後には彼女の元夫である男性と一緒に店に来てお礼にとアガパンサスの花束を差し入れてくれた。

さっそくリーシェンに頼んで花瓶を仕入れてきてもらい、少しでも長持ちするように工夫をこらして生けることにした。

——そして、今日も青いアガパンサスの花は窓辺で凛とした輝きを放っている。デザインに煮詰まったり焦りが生まれたりしたときは、窓辺へと目を向け、季節の移ろいと共にアガパンサスの花を眺めて元気をもらうのだった。

しかし一方で、どうしても気がかりなことがあった。それは晃の手から時々溢れ出す光のことだ。今のところお客が店にいる間に発現することはないのでまだよいのだが、これからどうなるかわからない。

その日の夜も気合を入れて作業をしていた晃の手から光が溢れた。

何か思い当たることがあるとすれば、今のところ共通するのは一つだけ。

誰かのために想いを込めて、つよく願ったとき……その『願い』。

それらは、無意識下にあるものだ。この力はいつか自分でコントロールできるようになるものなのだろうか。

誰かのために役に立つ力なのであれば問題はないと思うのだが、いつか身に余る力になってしまわないかという不安はある。

(……おかしなことはこの世界にきてから色々あったんだから、今さらだ)

身につけてきた技術や経験は元の世界で培ったもの。異世界に飛ばされたことがきっかけで芽生えた能力として受け入れるべきなのか。いずれにしても、今後もこの世界にいなければならないのならば、原因を究明しなくてはならないし、自分の仕立て職人としての存在意義について向き合わなければならなくなるだろう。

（でも……）

誰かの支えになれる存在であったなら嬉しい。一方、少しの後ろめたさがじわりと冷たく背を撫で上げる。この誰かを幸せにしたいと願う気持ちは本物なのに、原因がわからない以上、胸を張って誇れない現状が苦しいのだ。

ふと、晃はまたアロイスのことを思い浮かべる。近々会える……それはまだ叶えられていない。

（会いたい……話がしたい。いつになったら会えるんだろう）

晃を連れ出してくれたリーシェンはいつまで側にいてくれることか。今はほとんど店に籠りきりだが、万が一このままひとりになったらこの先ずっと暮らしていけるのだろうか。異世界からやってきた晃には数えるほどしか顔見知りがいないのだ。それも王宮を出た今はリーシェンだけで、お客とは一期一会《いちごいちえ》の関係と思えば、ほとんどゼロに等しい。

色々と考えはじめたら寝付けなくなってしまった晃は、そのまま眠気が自然に訪れるまでデザインを描き起こそうとしていたのだが、気付けばいつの間にか自分の手のひらから溢れる光よりももっと眩い陽光が窓辺から差し込んできていた。

（結局、一睡《いっすい》もできなかったなぁ）

乾いた欠伸《あくび》だけがこぼれた。

昨日リーシェンが仕入れてきてくれた紅茶のパックが入った缶を開くと、湯を沸かしてティーカップに注ぎこんだ。朝食を作るのは億劫だったので残っていたビスケットを何枚かかじった。

鬱屈した気分と共に店にこもっていた埃っぽい空気を払いたくて窓を開く。

昨日と一昨日は雨の日だったので移動販売は効率が悪いのでできなかったが、今日は雲ひとつさえ見当たらない晴天だ。

深呼吸をすると少しひんやりとした空気がここちよく肺を満たした。

まもなく、リーシェンがやってきて移動販売のための商品を受取にくるだろう。晃はストックしていた商品を籐籠の中に丁寧に整理した。

開店準備の一時間前くらいに、窓辺に人影を感じ、晃はリーシェンがきたのだとおもって振り返った。

しかし相手は想像した彼女ではなかった。一人の青年がそわそわした様子で窓から中を覗き込んでいたのだ。

「何か御用でしょうか？」

「はっ。すすす、すみません！　売り子さんからオーダーもできると聞いて、お店の地図と名前をたよりに来てみました。ですが、開店時間を聞くのを忘れていました！　面目ない！　また改めて出直させていただきます！」

快活そうな青年は噛みながらそう言うと、頭をぺこぺこ下げながら真っ赤な顔を隠して踵を返そうとする。

晃は微笑ましくも、なんだかいたたまれなくなり、その青年を呼び止めた。

「待ってください」

どうやらリーシェンは商品の移動販売の手伝いをするだけではなく、自らオーダーができることをＰＲしはじめたようだ。きっとこの間の女性の件で気をよくしたのだろう。できたら新しいことをするときは事前に相談してほしいのだが、思い返せば出会った頃から突拍子もないことをするのは彼女の常だった。それによかれと思ってやってくれたことを咎める気はしない。ここで晃が好きな仕事をしながら生活できているのは、アロイスが根回ししてくれただけではなく、彼女の助けもなければ成り立たなかったのだから。

「今、店を開けますから、せっかく来ていただいたわけですし、よかったら中でお話をきかせてください」

晃は店のドアを開いた。

ちりんと軽やかな音色が鳴って、涼やかな風がまた店内に抜けていく。

「え、いいんですか？」

青年は目を丸くし、紅潮させた頬をさらに興奮で赤く染め上げた。晃は思わず微笑む。せっかく来てくれた客を追い返すのは忍びないし、求められているということは晃にとっても嬉しいことだ。

どうぞ、と晃は中に案内する。青年は目を輝かせて中へと入ってきた。

さっそくオーダーシート代わりに大きめの手帳を一枚捲って、青年にヒアリングすることにする。

まだ開店前でお客もいないので、カウンターを挟んで向かい合った。

「さっそくですが、お客様が作りたい衣装はどんなものでしょう?」

ペンを持って青年に尋ねると、青年はそわそわと落ち着かない様子で髪を撫で付けながら、困ったような顔をした。

「すみません。具体的な希望は特になくて……。ただ、噂ではなんでもずっと引きこもりがちだった人が職人さんの作った衣装を身に纏ったおかげで勇気が出せるようになったと聞きました」

その話に身に覚えがある。引きこもりがちだった人というのはルーン王子のことかもしれない。きっとまたリーシェンが宣伝のためにかいつまんで話を広げたのだろう。

「それで、その、こんな僕でもちゃんと彼女にプロポーズができるように……緊張しないで堂々としていられる衣装を作っていただけないかと思ったんです」

　青年の頬に再びうっすらと赤みが差しこむ。

　ああ、そういうことだったのか、と晃は微笑んだ。

「なるほど。どういう場面でプロポーズをする予定ですか？　時と場合によって映《は》える衣装は違ってくると思いますし、少しずつ思いついたアイデアを共有していただければ」

「えっと、そうだなぁ。僕はお洒落《しやれ》には無頓着だから、いつも気慣れた服ばかりだけれど、ちょっと格式のある料理店を予約して、そこで食事をしたら……七番街から続く丘の教会の近くで、夜景を見ながら指輪をプレゼントできたらいいなって思ってるんです」

　最初は恥ずかしそうにしていた青年も、語りはじめるとだんだんと興《きよう》が乗ってきたようで、彼女との思い出話しを交えながら、衣装への拘《こだわ》りや理想を語り出した。

　晃はそれをあますことなくオーダーシートに書き留める。イメージはどんどん膨らみ、青年の希望を重ねてつぎつぎと衣装のアイデアが浮かび上がってくる。

「お聞かせいただき、ありがとうございました。ちょっとした小物でしたらすぐにご提案できるのですが、プロポーズのための衣装となるとより綿密にデザインを考えなくてはなりませんから、少しお時間をいただいてもよろしいでしょうか？　後日、来ていただいた際にデザインを幾つかご提案させていただきます。具体的な工程日数はそのときにご相談させてください」

「もちろんです。わぁ、聞いてもらえてよかった。よろしくお願いします！」

握手を求められ、若干気圧《けお》されながらも、晃はその手を握り返す。

最後に名前だけを聞いて、青年を見送った。

その日はそれからも客足がとだえなかった。リーシェンの宣伝効果が抜群すぎて晃は驚いている。口コミというのはやはり侮れないものなのだな、と感心する。

最後にやってきた客は年若い騎士見習いだった。

何の気なしに噂を聞きつけたという彼は、どうしても御前試合に勝ちたいと言い、防具の装飾を依頼にやってきた。装飾品の方は小物なのでそんなに時間がかからずに仕上げることができた。それから数日後、引取りに来た彼が喜ぶ姿を見て、晃は充足感に包まれていた。

防具を作っていたときも、やはり晃の手からは光が溢れた。共通して、誰かの力になりたいと願う気持ちが具現化したものが、この光なのだろうか。そんなふうに前向きに受け入れていってもいいだろうか。

実際、誰かのために奮起《ふんき》して衣装を作ることにやりがいを感じているのは確かだ。そしてまた晃はアロイスやルーンのことを思い浮かべる。今のように引き離されたままではなく、彼らの力になりたい、と。

窓の外、伝書鳩がやってきたのが見えた。いつもはリーシェンが対応してくれていたが、やりとりをするうちに、晃も書簡の取り外し方や取り付け方を覚えた。

「ちょっと待っていてね」

鳩はあくまでも本能に従っているだけで、言葉が理解できているかどうかはわからない。魔法や魔術が存在するものならば、ありえるかもしれないけれど。それでも、晃はなるべく声をかけるようにしている。

手紙にはアロイスから身を案じる内容と共に、不思議な形をした絵が並んでいた。おそらくルーンが添えてくれたのだろう。晃の表情がほころぶ。

この手紙のやりとりが、今の晃を支えてくれているといっても過言ではない。

彼らとのつながりが消えないうちはまだ、再び会えることを諦めたくない。

＊＊＊

激しい剣戟《けんげき》の音と、それに対峙する声が聞こえる。

騎士や兵士らが稽古《けいこ》をしている剣技場にアロイスは顔を出していた。君主である国王が定期的に姿を見せることで士気を高めるのが狙いだ。それはアロイスが王子であった時からも変わらない慣習だった。

今は、雨季が終わったあとに行われる御前試合に向けて、大勢の騎士や兵士らの中でもとくに新人騎士たちは名をあげようと、稽古によりいっそう熱が入っているようだ。

活気に満ちた剣技場や、やる気に満ち溢れた臣下の姿を見ると、君主であるアロイスもまた身が引き締まる想いがした。

(御前試合の件をルーンにも話しておこうか)

「陛下、少しよろしいでしょうか。件の宰相に関わることでご報告がございます。それと、あの青年の件ですが、騎士の間でひとつ噂になっていることがありまして……」

と、そこへアロイスの側近である国王補佐官長のベリルが仕入れてきた情報を耳打ちした。

「わかった。詳しく話を聞こう」

執務室に戻って人払いをさせたあと、アロイスはベリルから詳しい話を聞いた。一つは水面下で調査していた、宰相セザールの企みに繋がる疑わしい取引関係の証拠が複数出てきたこと。もう一つは騎士の間で噂になっている『異国の青年』の話だ。

どうやら年若い騎士見習いが、今回の御前試合に向けて防具の装飾を依頼した店の主が異国の青年だったという噂話が広まりつつあるようだ。その店には売り子がいて、移動式の車で小物などを販売しているという話もあった。

異国の青年は国内に数えきれないほど存在する。移民が身分を隠して商売をすることもままあることだ。それだけでは晃だと断定はできない。

だが、もしもこの話をセザールが聞きつければ、勘のいいあの男ならすぐに噂の青年が晃なのではないかと思い至ることだろう。それは同時に晃の身に危険が迫っていることを意味する。

無論、アロイスとしてもその危険性を視野に入れたうえでリーシェンに依頼して晃を脱獄させた。あくまでこれは一時しのぎの対策。次にやるべきことは、まずは敵を泳がせた上であちらから行動を起こさせることだ。

「機会を見誤らないようにしなければ。今後も、やつの動きを注視し、把握しておいてくれ」

「は、仰《おお》せのままに」

現状、すぐにセザールは動けないはずだ。アロイスの管理下にある街に宰相が勝手に赴《おもむ》いて何か特別な行動をすれば、すぐに連絡が入るように自分の手の者を配備させた。少なくともあの街中で彼が許可なく行動をすることはできない。

しかし、それだけでは心もとないため、先日、とある事件を起こした犯人について警備の聴き取りを強化し、不審人物がいるため厳重警戒中だ……という触《ふ》れを出したのだ。たとえ宰相の配下を忍ばせたとしても、不審な動きをする者がいれば、ただちに取り押さえられる状況にしてある。こちらは充分に証拠を集め、セザールが動き出すタイミングを見極めなければならない。

（そろそろ、約束も果たさなければな）

アロイスは晃のことを思い浮かべた。

その一瞬だけ、冷徹なアロイスの表情が僅かに和《やわ》らぐ。

晃を想うと、全身が焦がれるような熱を帯びていく。会えない時間はよりいっそう彼への想いが強くなっていく。ずっと会いたいと思っていた。

その気持ちが、ひとりよがりのものではないと願いながら——。

＊＊＊

晃は口コミで店にやってくる客ひとりひとりに丁寧にヒアリングをした。

衣装に拘りのある人もいれば、衣装のことはさっぱりわからないから任せたいという人もいる。共通しているのは、自分をよく見せたいという願いだ。

デザインに想いを込めて、一針ごとに願いを込めて。そして最後にひとりの時間になってから、祈りを吹き込む。完成した衣装からは眩いほどの光がきらきらと輝いている。

（やっぱり、気のせいなんかじゃない）

と同時に、国の憂《うれ》いに光をもたらす者が現れるという予言をされた、という話を今さらになって思い出していた。

今のところ王室に役に立っているわけではない。因果関係もよくわからない。それならこの力は今後どう扱っていけばいいのか。

晃はしばらくぼんやりとその光を眺めて途方に暮れた。

まもなく店を閉めようという時間に、ある男性が女性を伴って顔を出した。

先日衣装が完成し、さっそくプロポーズをすると言っていた青年と、その相手の女性だった。

「素敵な服を作っていただけたおかげで、彼女に結婚を承諾してもらえました。ありがとうございました！」

「お役に立てたならよかったです。何よりお客様の彼女さんへの想いが誠実だったこと、勇気を出した結果だと思いますよ」

「ねえ、また今度、何か作ってもらいましょうよ」

「そうだね。これからの僕たちの結婚式の衣装なんてどうだろう」

「いいわね、素敵」

すっかり仲を深めた恋人同士の二人の微笑ましい様子に、晃の方が元気をもらった気がする。喜んでくれる人がいるのは、やはり嬉しいことだ。

仲睦まじい彼らを見送ったあと、晃は工房にクローズの札をかけ、鍵をかけた。

店のことは口コミで広まったおかげで、客足が途切れることはない。今では衣装の効果を頼りにされることが多い。と同時に、目を背けてきた現実にいよいよ向き合わなければならない気がしていた。

晃が作ったものがきっかけだとしても、依頼人の努力の結果であることには違いない。それがたまたま運よく続いただけかもしれない。けれど、前にも考えたとおり、この異世界に飛ばされた影響による、魔法スキルの効果のおかげだったなら？

そして、それがプラスに働いているうちはいいが、マイナスに働く場合があるのではないか、という怖さが不意にこみ上げてきたのだ。

思い出すのは、コンテストのときのルーンの青ざめた顔。

毒味役に落ち度はなかった。それで疑念を深められた晃は投獄された。その後、晃は侵入者のリーシェンによって脱獄し、今ここに潜伏している。濡れ衣《ぎぬ》を主張した。信じてくれたアロイスが手助けをしてくれた。宰相がなんらかの思惑を抱いているらしい、という話を聞いた。けれど、実は晃の身に余る魔法のせいだったとしたら、本来は罰せられるのが当然だったのではないか。

自分の両手を眺めていると、こみ上げてきた恐怖のせいか、無意識にその手が震えてきてしまう。

デザイナーとして服を作って着る人に魔法をかけることは自分が望んだことだった。でもそれはあくまで喩えだ。本当にこれが異世界に来た自分へのギフトなのだとしたら、この能力に頼っている以上、自分の本当の才能ではないこととイコールになるのではないだろうか。それとも、自分の能力が開花したと前向きに捉えていいものなのだろうか。考え出すと、いつも二極に揺れてしまう。できたらプラスに働いたまま、そのプラス思考でいたいものなのだが。

晃はため息をつく。

葛藤《かっとう》に喘《あえ》いでいると、いつもの感傷的な気分に苛まれ、同時にアロイスの笑顔が思い浮かんだ。自分の味方でいてくれた彼への恋しい気持ちが募ってしまう。

手紙のやりとりは続いている。けれど、文字だけでは物足りなくなってきていた。

「会いたい……」

アロイスに胸の裡に蟠《わだかま》るものを吐露《とろ》してしまいたい。彼に会って相談したい。そんな衝動が沸き立つ。すぐに会えると言ってくれたが、言葉通りに叶えられるとは思っていない。でも、いつかは会えるだろうという気持ちが、晃の支えになっていたのだ。

この店から王宮は馬で駆ければ三十分もかからないと、リーシェンは言っていた。行こうと思えばいつでも行ける距離にある。

晃が城へ行けば、出頭したのだと思われて取り押さえられる可能性は高い。だが、再び

投獄されたとして、きっと彼なら話を聞いてくれるかもしれない。そんな焦りに駆られていると、

「オーナー？」

「……」

「お兄ちゃん！」

ハッとした。

裏で片づけをしていたリーシェンが怪訝な顔でこちらを見ていた。

「どうしたの？　具合でも悪い？」

「いや、少し考え事をしていただけさ」

「そう。煮詰まっているの？　がんばりすぎないように、少し休まないと……」

「うん。ありがとう。リーシェン、君もね」

「私は体力があるから平気だって言ったでしょ」

リーシェンの溌剌とした笑顔に気が抜ける。

ふと、晃はあることを思い出していた。

そういえば、占い師の行方がわかったら教えるとアロイスは言っていたけれど、あの話はどうなったのだろうか。占い師に何か話を聞くことができれば、少しはすっきりするか

もしれない。

「あの、リーシェン、君に聞きたいことがあるんだけれど、いいかな？」

「何？」

「占い師がこの国を訪れるっていう噂を聞いたんだけど……」

晃が問うと、リーシェンは目をぱちくりとした。

「占い師を探しているの？　だったらあちこちで商売しているから、よさそうな人探してくるわよ」

「いや。街の占い師とかじゃなくて、特別な占い師なんだ。なんでも予言者的な……力を持っているんだとか」

「そう。ごめんなさい。それは私にはわからないかも」

「そっか」

「あまり思いつめるようなことしないで、今は衣装づくりに集中したら？　喜んでくれるお客さんがたくさんいるんだから。まずは一日一歩よ、お兄ちゃん」

リーシェンに励まされ、少しだけ気持ちが楽になる。

「……ん、そうだね」

衣装を作っているとき、集中している間は気が紛れるのはたしかだ。

今のところ災いが起こるようなことはないし、晃にとってプラスに働く力自体は有難いことではある。喜ぶ人がいてくれるのは晃にも嬉しいことだ。

この能力を受け入れるほかにないのだろうか。怖がる必要はないのだろうか。しかし本当にそうして甘んじていていいものなのかどうか。過ぎたる力は身を滅ぼすというのをよく聞いたことがある。

悩みは寄せては返す波のように、いつまでもいったりきたりする。心の中にある不安は抱えているうちに嵐の海のように荒れてしまう。

結局、その日は胸の内側に渦巻く葛藤《かっとう》はいつまでもおさまらず、解決策を導くこともできなかった。


翌日の昼過ぎ。晃は手を止めて時計を見た。そろそろ昼食をとらねばならない。いつもならリーシェンが用意してくれることもあるが、彼女は今日、移動販売以外の用事があるらしく、晃とは別行動をしている。

（食べられるもの……なんか買ってくるしかないかな）

近くのパン屋に行くくらいなら一人で出かけても問題ないだろう。そう思って出かける準備をし、玄関を出たときだった。フードを目深にかぶった誰かと鉢合わせ、晃は声を出しそうになった。

「……っ！」

「……どうか、店の中に入るまでは、声を出さないでいてくれ」

晃はただ黙ってこくこくと頷く。それから、その人物を店の中に招いた。

心臓はばくばくと音を立てていた。それも無理はない。

やってきた来客が、ずっと会いたかったアロイスだったからだ。

混乱を極めつつあった晃はとにかくクローズの札をかけて玄関のカギを閉めた。そのとき、外に護衛と思しき人物が二名ほど控えているのが見えた。しかし彼らはいつもそばについている双璧の騎士たちではないようだ。察するにお忍びでやってきたのだろう。

「すまない。驚かせたな」

「い、いいえ。まさか、とは思いましたが……」

すぐにはそれ以上言葉にならなかった。

「それから、すぐにおまえを助けることができずに悪かった」

アロイスが申し訳なさそうに言った。晃はすぐにかぶりを振った。

「充分、助けられています。陛下が簡単に城を抜け出すことができないことは理解していますし。あれから無事に生活できているのはなにより陛下が色々配慮してくださったおかげですから」

脱獄して匿うために助力を尽くしてくれただけでなく、アロイスは必ず会いに来るという約束をこうして守ってくれたのだ。

ずっと会いたいと願っていた人が目の前にいる。

少しずつ現実を目の当たりにし、晃は胸の内側から溢れる熱いものを感じていた。

「私も、おまえに会いたかった」

アロイスが晃の頬に手を添えた。顔をしっかりと見るように覗き込まれ、晃の頬がじわりと熱くなる。熱のこもった眼差しを注がれ、どきりとする。アロイスも会いたいと思ってくれていた、それは約束を守らなければならないという責任感からに違いないのに。あまりに真剣に見つめてくるものだから、そこに何か特別な意味が込められているのではないかと勝手に期待してしまいたくなる。

不埒《ふらち》な思考を振り払おうとしていたそのとき、アロイスが晃の額へと唇を寄せてきた。

「……っ！」

「私はけっして約束を違えないと誓う。だが、それだけのために動いたわけでもない」

アロイスがそう言い、晃を間近に見つめた。ともすれば、唇同士さえ触れ合ってしまう

のではないかという距離に、晃は息が止まりそうになった。

「おまえのその顔をもっと眺めていたいが……」

アロイスがふっと静かな笑みを浮かべる。

晃はハッとして我に返った。ぼうっと見惚れている場合ではなかった。しかしアロイスの言動の意味をどう追求していいものかも困った。これはただの親愛を込めたキス、慈愛を込めた触れ合い、そんなふうに言い聞かせなければ勘違いしてしまいそうだからだ。

「……本来ならば、もう少し落ち着いてから、おまえを堂々と迎えに来たかったのだが……それにはもう少し時間がかかりそうだ。あと一週間、二週間、あるいはひと月……状況を把握するのにどのくらい要するのかまだ見えていない。すまないが」

「いいえ。そんな中、わざわざ来てくださったんですよね。その気持ちだけで嬉しいです。少し、本音をいうと、不安な気持ちになっていたので……」

弱音を吐くつもりはなかった。けれど、アロイスのやさしさに触れ、少し気が緩んだのかもしれない。

「おまえの不安な気持ちを拭いたい想いは当然あった。それが私の責務なのだと。だが、私の方がおまえに会いたい気持ちが我慢できなかったんだ」

アロイスのいつになく力のこもった言葉に、晃は胸を打たれていた。

「陛下……」

「必ず、おまえのことは連れ戻す。あと少しだけ待っていてくれるか？」

不思議だ。あれほど不安で仕方なかったのに。アロイスの存在が、彼の言葉が、晃の中に染みわたっていく。きっと大丈夫だという力が湧いてくる。それこそ輝ける光の魔法のように。

「はい」

晃が頷くと、アロイスはほっとしたように胸を撫でおろした。

それからアロイスは再び晃の額にキスを落として、店から出て行った。

やっぱりさっきのキスも挨拶代わりだったのだろう。

振り返ると、勝手に期待してしまった自分が恥ずかしくてたまらなかった。それでも鼓動はずっと高鳴ったまま、アロイスの眼差しや彼がくれた数々の言葉はいつまでも晃の心を掴んで離さなかった。

――それから一週間が過ぎたある日のこと。

店を閉めたあと、晃は遅くまで事務作業に追われた。受けた注文順に仕上がった服を確認したり、工程表の修正や受取にくる客のリストをチェックしたり、細々としたものが案外あるのだ。

しかし晃はやる気に満ち溢れていた。

アロイスが会いにきてくれたおかげで、だいぶ気持ちが楽になったからかもしれない。集中していたら肩が凝ってきたので一息つこうと時計を見た。既に深夜を回っていた。このところいつもこんな感じだ。忙しくてなかなか休みがとれていない。

しかし一人で切り盛りすることを考えたら、今のところ助手のリーシェンがいてくれるのが救いだ。せめて彼女が手伝いをしやすいように整理をしたらほんの少し休暇をとろうか、と考えていたその時だった。

遅い時間に外で物音がして晃はなんだろうと立ち上がる。風かそれとも猫か。念のため見回ろうとすると、工房の外に人影が見えた。

（泥棒だったらどうしよう。それとも……追手《おって》が……？）

鼓動がいやなリズムを刻む。緊張に身を包みながら窓から様子を窺っているうちに夜目に慣れたらしい。その人影が見知ったものであることに気付いた晃は驚き、慌てて工房の外に飛び出した。

「リーシェン!?」

そう。リーシェンが傷だらけで横たわっていたのだ。呼吸が乱れており、顔には生気《せいき》がない。彼女は苦しそうに呻いて立ち上がれずにいる。

「どうしたんだ。何があったんだ」

「お兄ちゃん、まだ……起きてたの？」

「君こそ、こんな深夜に何をしてるの」

「街の中で飲んで、ちょっと酔っぱらって転んでしまっただけよ」

「君は僕の妹と同じような年ならお酒はまだこの国でも飲めないはずでは？　それにこんなに傷だらけになる？」

疑いの目を向けたわけではないが、彼女の言い分をそのまんま信じられるほど晃だって子どもではない。

少女っぽさを演じているような、あどけなさをどこかへ置いてきたような妖艶なリーシエンから少し目を逸らしつつ、晃は彼女を抱き起した。

年齢だって偽っている可能性があるかもしれない。そろそろ彼女の身元について教えてもらえはしないのだろうか。でも、不用意なことを言って、彼女を傷つけるようなことはしたくない。

晃はとにかくリーシェンを店の中に招き入れ、工房の奥にある部屋のソファに座らせることにした。

「おいで。手当するよ」

「私のことは放っておいて大丈夫」

「じゃあどうしてここに来たの？　街で飲んでたなんてきっと嘘だ。何があったか話す気はある？」

「それは……」

リーシェンが言い淀《よど》む間に、晃は彼女を工房の中に招き入れた。

「ほら、座って。今、救急箱を持ってくるから」

ソファにそっと下ろすと、渋々といったふうにリーシェンは俯く。

「これくらい平気なのに」

「だめだよ。綺麗にしなくちゃ。痕《あと》が残ったら大変だろう」

「おおげさよ」

強がりだということは晃には分かった。消毒液をコットンに沁み込ませて触れただけで、リーシェンは小さく呻く。涙だって滲んでいる。こんな状態で平気なわけがあるか、と晃はため息をついた。

「僕には妹がいたっていったよね」

「うん」

何を言い出すのか、という表情でリーシェンがこちらを見る。

「子どもの頃、病気で死んじゃったんだけど……君を見てると、やっぱりなんだか妹のことを思い出すというか、それで、どうしても放っておけない気持ちになるんだ。だから、これは僕の勝手な振る舞いだと思ってくれていいよ」

晃がそういうと、頑なだったリーシェンはやっと折れてくれた。

「コウは、すごくいいお兄ちゃんしてたんだね」

「そんなことないさ。もっとしてあげたいことがたくさんあった。何もしてあげられなかったんだ」

元の閉じた世界のことを思い出し、胸が締め付けられる。言葉に詰まったのをごまかしながら手当を続けつつリーシェンに尋ねた。

「リーシェン、君のお兄さんはどんな人だった？」

「そうね、あなたみたいにやさしい人だったかな。というより、お人よしかしら」

ふふっと笑うリーシェンの笑顔が眩しく感じた。

リーシェンに幸せになってほしい。そう願うと、手のひらから零れる光のようにやわらかく空気に溶けていく。以前にも晃はルーンの笑顔を見たときに同じ気持ちになったことがある。お客さんの嬉しそうな顔を見たときだってそうだ。

（やっぱり、誰かを笑顔にする存在でありたい……）

その願いが光の魔法になって、必要な誰かの元に届くのならば、悪いものじゃないだろう。そんなふうにも思えてくる。

けれど、リーシェンと話していて癒されるのを感じたから、今日、魔法にかけられたのは僕の方かもしれない、と晃は目を細める。そうしている間にも、ゆっくりと丘の上から朝日が昇っていく。

「朝が来ちゃったね」

「うん」

当たり前のように陽が沈んでは昇っていく。この異世界の空をいつまで見ることになるのだろう。

晃は何の気なしにそんなことを思いながら、アロイスの顔を思い浮かべた。

（会いたい……な）

一週間くらい前に、アロイスがお忍びで現れたときは驚いたけれど、会えて嬉しくてたまらなかった。

また、アロイスの顔が見たい。ルーンのことも気になる。アロイスのことは信じているけれど、自分から会うことのできない相手だということにもどかしさを覚える。

「ひょっとして、王様のこと考えてるの？　お兄ちゃんの好きな人」

リーシェンの視線が突き刺さって、心の準備ができていなかった晃は慌てふためいた。

「えっ。またその話する？」

「なんかそういう顔をしていたから」

リーシェンがややにやついた表情を浮かべている。

「す、好きは好きだけど……僕が想うのなんて、その、おこがましいというか」

頬から耳にかけて熱くなっていくのを感じながら、晃はリーシェンから視線をそっと外した。だが、彼女はまだその話題から逃がしてくれる気はないらしい。

「会える日が来てほしい？」

「そ、それはそうだけど……そう簡単にはいかないっていうことは、わかってるから」

「腹が立つわよね。いわれのない罪を着せられて閉じ込められたわけだもの。お兄ちゃんは何も悪くないのに」

リーシェンが今はそう言ってくれるのがありがたい。脱獄したときには随分と雑な対応をされたことが遠い日のことのように思う。

「この世にはできることとできないことがあるよ。願っても叶えられないことだってある。

あの日、君にとっては一つの任務だったのだとしても、連れ出してくれたことに感謝してる」

晃が結論付けると、リーシェンは呆れたようにため息をつく。

「オーナーにはもっと自信を持ってもらわないと困りますが？」

「じゃあ、自信をつけるためにも、もう働こうかな」

晃はゆっくりと立ち上がり、伸びをした。

「仮眠ぐらいはとらないと。寝ていないんでしょう？」

「リーシェン、それは君の方だよ。何があったかわからないけど、困ったことがあったら力になるし、君には笑顔でいてほしいと思う」

晃が微笑みかけると、なぜかリーシェンは複雑そうに表情を歪め、泣きそうな顔をした。

「……人たらしだなぁ。ほんと、自分がいやになる」

「え？」

「いいえ。ありがとう。何度も言うようだけど、こう見えて頑丈だから、私のことは心配しないでいいの」

いつものように笑顔を向けるリーシェンの様子を見て、なんだか晃は落ち着かない気持ちだった。得体の知れない不安感というか、胸騒ぎがしたのだ。

「あのさ、リーシェン、仕事が終わったら、たまには一緒に夕飯を食べない？」

「え？」

困惑したようなリーシェンに、晃もまた照れくさくなってしまう。

「いつもすれ違って適当にしてるけど、君がいやじゃないなら。たまには家族ごっこしてもいいんじゃないかなって」

「家族ごっこって」

ぷっとリーシェンが噴き出す。その表情に元の世界にいた妹、結衣の面影《おもかげ》が浮かんだ。

「それじゃあ、妹の私が、腕をふるって料理をするわ」

「任せていいの？」

「ええ。楽しみにしていて。できたら……街はずれの方に移動した方がいいわね。煙が漏れたりして仕上がった衣装に匂いがついたら大変だもの。午後になったら移動して、それから私が買出しに行ってくるまで待っててもらうけど、それでいいかな？」

「わかったよ。君に任せる」

晃はそれなら……とアイデアが閃いた。

実は、晃は密かにリーシェンのために作っていたものがあるのだ。彼女には何かお礼をしたいと前から思っていた。彼女に何か贈り物できないかと。晃が元の世界にいたときにポシェットをよくぶらさげていた結衣のことを思い出す。そしてリーシェンも仕事用にポシェットをさげているのだが、けっこう傷《いた》んでいるようだったのだ。

(……喜んでもらえるといいな)

ますます夕食の時間が楽しみになったな、と晃は頬を緩めた。

——それから、店は午後に早々と閉めることにし、リーシェンが言っていたように、二人は王宮から脱獄して最初に身を寄せた彼女の隠れ家に移動した。

晃はリーシェンへの贈り物をラッピングした袋を携え、彼女が買い物から戻るのを待っているのだが。

(遅いな……)

すぐに戻ると言っていたリーシェンが一向に帰ってこない。

この世界では元の世界のような通信手段がないのでこちらから今すぐに連絡をとることはできない。伝書鳩のような鳥はあくまで覚えた場所を行き来して配達するだけ。どこでもコンタクトできるものではない。ただうろうろと落ち着かない気持ちでソファから立ち上がってみたり窓の外を見たりするだけだった。

一時間が過ぎ、まもなく二時間が過ぎようとしている。

さすがに遅すぎる。

晃は何かがあったのではないかと心配になった。

鍵はリーシェンが持っている。勝手に家を出ていいだろうか、と一瞬ためらったが、それでもただ時間を費やしてしまうよりはいい。近くまで見に行ってみようと晃はランタンを片手に玄関を出た。

外はすっかり暗くなっていて、所々にぼんやりと蛍石の光が道の形を示しているだけだ。しかし遠くへ目を向ければ、最初に来たときにも見た王都の明るい景色が一望できる。それを目印にリーシェンは市街地に買い物に出たはずなのだ。店だってもう終わる頃だろう。足どりを追うように晃がリーシェンを探していると、やがて人の声らしき者が聞こえてきた。

(リーシェン?)

揉めているような声がする。不安に駆られた晃はその声の方へと急いだ。

息を切らして行くと、黒いマントに身を包んだ長身の何者かがゆらりと動いた。

その肩越しに見えた人物の様子に、晃の顔からさっと血の気が引いた。

「リーシェン……!」

「逃げ、……て、おにい、ちゃ……」

黒いマントの人物がこちらへと振り返る。

ランタンの光でその人物の顔が見えたとき、晃は息を呑んだ。

その人物が、晃を断罪に導こうとした、宰相セザールだったからだ。

晃は凍り付いたように動けなくなった。

セザールの並々ならぬ殺気に気圧され、晃は無意識にじりっと後退した。その際に土に埋まっていた石に躓き、ランタンが手から落ちて転がってしまう。

「ふん、裏切りものの失敗作がっ。なんのためにその姿を得させたと思っているんだ。命令にそむき自我を持つなどと哀れな人形め。何、またやり直せば済むこと……」

苦虫を噛み潰すような顔でセザールが言う。

だが、男が何を言っているのかもわからないし、どうしてリーシェンがこんな目に遭わなければいけないのかも理解できない。ただわかるのはセザールから殺意を向けられているということだけだった。

「おまえも死ね。この、不純物めが」

ギラリとした銀色に光るものがセザールの手に持たれていた。それは鈍い血を滴らせている。その得物でリーシェンを傷つけたのだろう。そして、晃を今にも殺そうとしている。

目を凝らすと、セザールのその手から煙のようなものが溢れ出していた。まるで、晃の手から溢れ出す陽の光と反対の闇の光――。

まさか。魔術は使えないと言っていたはずだが、セザールも本当は魔法スキルを持っているのか。

「……！」

気をとられた隙にセザールが向かってくる。晃は避けるまもなく目をつむった。

「ぐっ」

声を出したのは晃ではない。

痛みもやってこなかった。ハッとして目を開くと、セザールの背に矢が刺さっている。動きを封じられたセザールは地に膝をついてばたりと倒れた。

一体どこから射られたものなのか暗がりでわからない。その隙に晃はリーシェンの元へ急ぐ。

「リーシェン！」

「うっ」

リーシェンがうずくまる。彼女の腹部には深々とした傷が残り、血が流れている。顔からは血の気が引いて真っ白になっている。

「止血……止血をしなきゃ」

慌てる晃の手にリーシェンの手が添えられた。その手は冷たく、力が入りきらないようだった。

「いい……」

「よくないよ。このままじゃ死んでしまう！」

「ふふっ」

「なんで笑っているんだ！」

「あまりにもお人よし……だから」

そういうリーシェンの口から血が溢れ出した。せき込む彼女の背をさすりながら、晃は必死に声をかけた。

「もう喋らないで。助けを呼んでくるから……！」

リーシェンが首を振る。

「助から……ない。あなたがここを去ったときに、私はいなくなっているわ。だから、そばに、いてほしい」

「そんなっ」

晃はリーシェンの手を握り締めた。妹が死んだときのことが思い浮かんで、涙が溢れ出す。失いたくない、と必死だった。

「時間、がない。だから……聞い、て。ほしい」

「私は、王様に雇われる前、ある人間に脅《おど》されて使われていたの。あの男、宰相セザールのことよ……」

晃は驚き、そして地に伏しているセザールの方を見た。彼もまた息はあるようだ。だが、矢に射られたせいでしばらく動くことは困難のようだ。起き上がれずにいる。

「あの男は、国を自分のものにしたがっていた。私は元々その泥人形として魔術で生み出され、人間の形を得た。そして、いくつもの顔を持つ刺客《しかく》として使役《しえき》された」

そこまで喋ったリーシェンの口から血が溢れ出す。

「だめだ。もう、喋らないで。早く、手当をしないと」

「私のことなんてどうでもいいの。私には……生きる価値なんてない」

「どうしてそんなことをいうんだ」

「あいつに命じられて、王妃を殺そうとしたのは、私なの」

「王妃はたしか病死だって……」

ルーンが二歳の時に目の前で病に倒れた、とアロイスは言っていた。

「表向きは……そうされてるのよ。王妃のときは毒殺だった」

王妃のときは……という言葉で、ルーンが衣装コンテストのときに痙攣を起こしたときのことが思い浮かんだ。

「待って。何も考えられない」

「私は、宰相に命じられるがまま動く人形だった。そうでもしなければ、私には自由がなかったから。お兄ちゃんが殺されてしまうから。でも、結局、王妃を殺すことができなくて、私のお兄ちゃんは殺された。そして、この世界に……私のいる意味なんてなくなってしまった」

リーシェンの兄が殺された。

彼女は王妃を殺そうとした。

……宰相セザールが命じて殺させようとしていた。

つまりリーシェンに王妃を殺させるために、リーシェンの兄を人質にしたということだろうか。でも、結局、リーシェンに王妃殺しはできず、リーシェンの兄は殺されてしまった。

「なんて……」

むごいことをするのだろうか。そのときのリーシェンの心情がどんなものだったかなんて想像することもできない。

「王様は……すべてを知った上で、私を雇ったのよ。挽回《ばんかい》の機会を与えるなんて、どれだけ懐《ふところ》が深いのかしらね。もちろん、私は償《つぐな》いのつもりで引き受けた。あなたを見たときにお兄ちゃんにそっくりだったから……お兄ちゃんが帰ってきてくれたと思ったの」

リーシェンは苦しそうに喘ぐ。それ以上、喋るのはもう無理かもしれない。

そうしている間にもリーシェンの顔から血の気が引いていくばかりで。彼女を抱き起すことはできても止血することも、助けることでもできない。ただ、声をかけ続けるだけだった。

「リーシェン、しっかりして！」

「お兄ちゃん」

「……っ」

「呼ばせてくれてありがとう。妹にそっくりだって言ってくれたでしょう？　私にとっても、あなたはお兄ちゃんにそっくりだったから、うれしかった」

ふわりと邪気の抜けた子どものような顔で、リーシェンは微笑みかける。

「それから、必死に手当をしてくれたこと。できたら、私にも……素敵な衣装を作ってほしかった、な」

「リーシェン！　待ってくれ。君にあげたいものがあったんだ。だからっ」

そのとき、リーシェンが重たくなった。魂が抜けていく気配と共に、動かぬ人形になってしまったことがわかった。

「あ、ああ……っなんでっ……なんで、リーシェン！」

晃が叫んだとき。

間を割って鋭い声が届いた。

「報告いたします！　捕縛対象一名、確保」

「こちら、保護対象二人、内一人は死亡」

「保護しますか」

「そうしてくれ」

落ち着いたその声にはっとする。

振り返ると、いつの間にか双璧の騎士の姿があった。その後ろに黒い軍服に身を包んだ高貴なる人の姿見えてくる。

「アロイス、陛下」

「コウ、もう何も心配は要らない。おまえの罪は晴れたのだ」

「リーシェンが……」

そう言いかけて、晃はリーシェンの言っていたことを思い浮かべてハッとする。

王妃を殺そうとしたのは自分だとリーシェンは告白した。

アロイスにとってセザールと同じくリーシェンは仇をなす敵だったのだ。どんな想いでアロイスはリーシェンを雇ったのだろう。わかっている。私情を挟むことが許されない立場にいる彼のことは。けれど、晃はリーシェンをそんなふうに切り捨てて考えることはできなかった。元の世界で大切にしていた妹の顔が思い浮かび、そしてここで共に過ごしたリーシェンのことが重なっていったからだ。

晃の目から無意識に光の雫が零れ落ちる。まるで妹を二度も亡くした気分だった。

「ただの……人形になんの思い入れを」

虫の息だったはずの宰相はやってきた複数の兵に捕縛されていた。背中を押されて歩きながら、晃の方を見て嘲笑《あざわら》う。そして、手のひらからこぼれる闇の光が、得物の形へと変え、横たわっていたリーシェンの遺体へと突き刺さった。

「あ、……ぁ」

その瞬間、リーシェンの遺体が灰のような靄に包まれて消えていく。

ものいわぬ遺体になったはずのリーシェンが苦しげにもがくのが見えた。彼女は二度殺されようとしている。

「やめろ、やめてくれ……！」

「この人形は思念で作り上げた人形だ。モノであってヒトでは無いのだ。家族ごっこなど……笑わせるな」

人体の核のような魂の宝石が現れたかとおもいきや、それは粉々に割れ、そして再び沈黙したリーシェンの遺体はぼろぼろと形を崩していった。本当に跡形もなく、灰になってしまったのだ。

晃はその場で膝をついた。

「いいか、若造。この娘がこのような憂《う》き目にあったのは、王室に災いを生み出すおまえがいたからだ。牢獄で諦めて、大人しく私の傀儡《かいらい》になればよかったものを」

晃を馬鹿にして嘲笑う宰相を、双璧の騎士のクロードとシャルルが締め上げる。

「貴様は王宮で尋問にかける。覚悟するがいい」

「戯言はもういい。さっさと歩け」

「ふん。いずれこの国は滅びよう。私がいなければ、この国は亡きものと一緒だ」

セザールは最後に呪詛のような言葉をアロイスの方へと投げかけた。

アロイスはただ険しい表情でセザールが連行されるのを見ていた。

「コウ、おまえは私と共に馬車へ」

気遣わしげなアロイスの声がする。

だが、晃はその場からなかなか動けなかった。リーシェンはもう影も形もないのに。

「ヒトではなくモノ、彼女は人形……」

「コウ……」

「たとえそうだったとしても、でも、たしかに妹の彼女はいたんです。彼女に心はありました。喜びも、痛みも、悲しみも、優しさも、持っていた。僕をお兄ちゃんって呼んでくれた」

「そうだったか」

「……物にも心があるんです。衣装だってそうだ。僕は人の気持ちを支える、デザイナーになりたい、そう思って生きてきたんだ」

「……ああ。おまえの気持ちは、よく理解した」

アロイスはただそれだけを返した。そして、晃を抱き寄せる。晃は彼の胸の中で嗚咽をもらした。

双璧の騎士が待機する中、年若い騎士たちが現場の整理をしはじめる。

アロイスに肩を抱かれて頭を撫でられた。涙が頬に滑り落ちていく。ひりつくような痛みと共に冷たい風が吹き抜けていった。

§　9章　側にいてほしい

晃が王宮に保護されてから二週間後には、ルーンの誕生祭が行われることになっていた。

その当日。

豪奢な王宮内がさらに絢爛《けんらん》豪華に飾り付けられ、盛大な祝宴の場へと変わっていく。大広間ではこれからルーン殿下のお披露目式が待っており、その準備のために周りは大忙しだった。

既にあの事件から順延していた祭典には多くの賓客《ひんきゃく》が訪れるとあり、さらなる引き伸ばしはできないということで、式典は予定通りに行われることになったのだ。

「おまえの気持ちを待ちたかったのだが……」

式典がはじまる前にアロイスに呼び出されていた晃は、彼の執務室で謝罪をされた。

宰相セザールの更迭は王室内で粛々と進められ、後日裁判が行われることになっているが、王妃殺しの上に呪術を使い国家転覆《てんぷく》を企んだこと、ルーン王子を危険にさらしたこと、一連の事の重さから二度と監獄からは出られない、もしくは即座に命を天秤《てんびん》にかけることになる、極刑になるだろうという話だった。

そして、衣装コンテストに乗じて晃を貶めようとしたことは、セザールの聴取と事実から裏付けされた。

リーシェンはセザールが生み出した人形。セザールを憎く思う気持ちはあるが、晃と共に過ごしていたリーシェンは、晃にとっては温もりを感じられる存在だった。だから晃はその点だけはどうしても複雑な気持ちだった。

無実が証明された晃の衣装は、ルーン王子の誕生祭に着る衣装として厳重に管理されているという。

コンクールの優勝者として選ばれた身に余る爵位については辞退したが、名誉の勲章を戴いた。その勲章は今後仕立て職人として働くうえで【王室御用達】であることを証明できるものであるという。また、報奨金と引き換えに必要な設備や道具および生地などを用意することもできるという話ももらった。

しかしセザールの裁判が終わるまでは晃の身は安全のために王室に保護されたままなので、今後の見通しはまだ何も立っていない。そもそも、晃は異世界から召喚された異質な者であるということには変わりがないのだ。どう扱っていいかということも話し合われることだろう。

（光と闇は表裏一体、か）

セザールにとって晃は災いをもたらす者だった。だが、アロイスはそういった闇を祓《はら》うために光をもたらす存在が晃なのだと励ましてくれ、ルーンの目覚ましい成長なども含め、晃の存在が必要であったことを臣下たちに説いてもくれた。

晃は再び王宮に保護された二週間ずっと気が抜けた想いでいた。部屋から出る気にもなれなかったし衣装を作りたいという衝動がわかなかった。第二の妹であるリーシェンの形見になってしまったポシェットを眺め、虚空の先にある自分の未来をぼんやりと探していたところだ。

それでも心配して呼び出しては顔を見たいと言ってくれるアロイスやルーン、そして世話をしてくれるメイドや双璧の騎士に先生たちなどの王宮で知り合った人たちの温かな歓迎によって晃の心は少しずつ癒されていったのだった。

「僕ならもう大丈夫です。それに、事情ならわかっていますし。それより、ルーン殿下がお元気そうでよかったです」

アロイスが申し訳なさそうにするのがいたたまれなくて、晃の方から話題を変えた。

「ああ。おまえが戻ってきて誰よりも喜んでいる」

微笑んでそう言ってから、アロイスは言い直した。

「いや、誰よりというのは語弊《ごへい》がある。私が一番おまえに会いたかったのだ、コウ。わかっているだろうな?」

アロイスから熱の籠った眼差しを向けられ、晃はどきりとする。お忍びでやってきたあの日のことが蘇るようで、顔にぱっと熱が散る。その反応がアロイスにも伝染したらしい。アロイスは少し慌てたように視線を外したあと、仕切り直すように表情を取り繕った。

「色々と積もる話はあるが、まずは式典を滞りなく行えるようにしなければ。まもなく誕生祭がはじまる。おまえはルーンの様子をどうか見守っていてほしい」

「は、はい」

積もる話というのはなんだろうか。離れている間のことだろうか。

気になるけれど、今はたしかにルーン王子の誕生祭の式典に集中すべきだろう。晃もそう気持ちを新たにすることにした。

そして——。

時間がやってくると、大広間が解放され、国王と共に姿を見せた幼い王子の堂々とした様子に、賓客の感嘆の声があちらこちらから聞こえてきた。

国王であるアロイスによってルーンが四歳を迎えたことを報告すると、ルーンは胸を張

って賓客の前に姿を見せた。

ルーンが着ているのは、コンテストで晃が想いを込めて仕立てたあの衣装だ。仮で合わせたあのときよりもずっと、想像していた以上に麗しく輝いている。

それはきっとルーンの成長が魅力をより引き出しているのかもしれない。その手伝いを晃の作った衣装がしているのだとしたらこんなに嬉しいことはない。

(――どうか、ルーン殿下が勇気を出せますように。そして幸ある未来に導かれますように)

晃はあのときと同じように願いを込めた。手のひらから溢れる光が、今は尊いものに思えた。大事な人のために使えた自分に誇らしく思うのだ。

「ルーン殿下、お誕生日おめでとうございます」

「素敵です。殿下。とてもお似合いです」

拍手喝采が沸き起こる。皆、ルーン王子の成長と堂々とした雄姿に見惚れ、この先の未来に期待を寄せる声をあげていた。

(よかった。ルーン殿下……)

ようやく役目を果たすことができたのだ。

晃は心の底から安堵し、ほっと胸を撫で下ろしたのだった。

「――改めて礼を言う。まず、コンテストの衣装だ。おまえならばやり遂げるだろうと思った。見事だった」

式典が終わったあと、晃はアロイスから呼び出されていた。

アロイスにそうして賞賛を贈られると、晃はなんだかいたたまれない気持ちになってしまう。

「ありがとうございます。色々と騒がせてしてしまいましたが……」

「その件はもう解決したこと。コウもまた巻き込まれた側だ。そう萎縮することはない。私にもルーンにも害は及ばなかった。そして、おまえにも大事がなくてよかったのだからな」

「そう言っていただけると、気持ちが楽になります。ルーン殿下が無事でほんとうによかった。今日の御姿は堂々としていてとても立派でした」

「ああ、実に誇らしかった。それこそおまえのおかげだ、コウ。私はルーンを見守る一方、ルーンが羨ましくてならなかった。あのような素晴らしい衣装を身に纏うことができたのだから」

普段はクールで感情は表に出さずに口数もそんなに多い方ではないアロイスが、いつになく饒舌《じょうぜつ》な様子からすると、彼が本当に心から喜んでいるのが伝わってくる。そんな彼を見られたことが嬉しくて、晃の表情も自然と笑顔になっていた。

すると、アロイスが近づいてきて晃の頬に手を添えた。驚いた晃は弾かれたように顔を上げた。

間近に視線がぶつかって、晃の頬に熱がこみ上げる。前にもそんなふうに触れられたことを思い出してドキドキと鼓動が駆け上がっていくのを感じる。

「私の衣装をいつか手がけてはくれないだろうか」

「そ、それは……陛下がお望みならば、もちろんですが」

晃がそう告げると、アロイスは満足そうに微笑んだ。

「そうか。これからの楽しみが増えたな」

声を弾ませるアロイスは、いつも堂々とした国王である姿とはまた違い、年相応の青年らしい表情を覗かせていた。アロイスのことを知るにつれ、彼だって国王であり父である以前に、ひとりの男性なのだ、と感じさせられる。今、それをまた深く意識した瞬間だった。

すると、たちまち晃の胸の内側に苦しいくらい熱いものがこみ上げてくる。アロイスに褒められたことが嬉しい。でも、それだけではない感情が芽生えていることにいやでも気付かされてしまう。

城から抜け出したあとも、ずっとアロイスに会いたいと思っていた。最初は、頼れる人が傍にいない不安からくるものもあったかもしれない。けれど、ただの思慕《しぼ》ではないということはもう晃の中ではっきりとしている。

（僕は……陛下のことが……）

そのあとに続く言葉がこぼれそうになって晃は唇を噛んだ。

何を考えているのだろう。相手は異国の王様だ。いくら客人として大事にされ、仕立屋としての名誉をもらったとはいえ、いつかは帰らなければならない身だ。帰れるかどうかはわからないが、反対に、急に帰る日がくるかもしれないのだ。

晃が混乱している一方で、アロイスの表情が神妙なものに変わる。

「コウ、おまえをここに呼び出したのは、もう一つ大事な話があるからだ。報告しなければならないことがある」

「なんでしょうか？」

「おまえが召喚されることを予言していた、占い師の居所がわかったのだ」

晃は目を丸くした。

「とうとう見つかったんですか？」

「ああ、セザールが占い師を監禁していたことがわかったんだ。予言が気に入らないとセザールに逆恨《さかうら》みをされ、そして予言を変えるように脅迫されたらしい」

アロイスがため息をつく。

騎士団の調査によって占い師が保護されたという話だった。

占い師の証言によると、セザールから厳しい拷問にあっていたらしい。

事の発端は、王室と昔から深く関わりのある占い師が、アロイスに予言を捧げたことからだった。王室に光をもたらす存在として異世界から晃が召喚されるであろうことを視たのだという。セザールにとってそれは困ったことになる。だから、災いをもたらす存在として改変させるように呪術を使うことを強要した。

だが、結局、予言はそのままの通りで、改変されなかった。逆恨みをしたセザールは占い師を監禁し、その一方で、邪魔者の晃を排除しようとしたというわけだ。

現在、占い師は手厚い看護を受けて回復しているところでその回復を待ってから、晃の召喚については詳しい話を聞く予定だということだ。

「そうでしたか……無事だったんですね」

占い師の存在は晃にとって元の世界に戻るための一縷《いちる》の望みだった。

占い師に話を聞くことができれば、異世界に召喚された理由、元の世界に戻れる方法、様々なことが明らかになるかもしれない。

けれど。

「もしも、帰る方法がそれでもわからないということだってありえますよね？」

「その場合は私から提案がある。このままここに残り、おまえに授けた名誉の勲章を掲げ、王宮内で仕立て職人をしてはどうだろうか」

思ってもみない提案に、晃は戸惑う。

「それは有難い話ですが……」

「正直な話をしよう。私としては帰る方法が見つかろうと見つかるまいと、コウにいつまでもいてもらいたい。そのために今回の衣装コンテストの件も提案した。そして見事におまえは達成してくれた。王室に必要な存在だと思っているからだ」

「陛下……」

アロイスの献身《けんしん》は感じている。周りに晃の存在を認めさせようと尽力してくれていることだってわかっている。晃だって離れがたい。側にいられるのならばそうしたい。

「危険な目に遭わせてしまったことは申し訳なかったが……」

アロイスは苦しげにそう言う。

「いえ。助けにきてくれましたし、何より僕なんかのために、そんなもったいない言葉です」

「おまえは我々にそれだけのことをしてくれたのだ。光を与えてくれた。謙遜《けんそん》など必要ない。もっと誇るべきだ」

アロイスの励ましに心強さを覚える。勇気のお返しをもらった気分だ。

晃はアロイスの熱を帯びた眼差しを、アロイスを見つめ返した。

鼓動がゆっくりと早鐘を打っていく。やがて頬に熱が広がっていくのを感じていた。薔《ば》薇《ら》色のように赤く色づいているのではないかというほど。

見つめ合ったままのなんともいえない空気に耐え切れず、晃はやはり唇を噛むことしかできない。

「前もって言っておくが、たとえおまえが帰りたいと結論を出したところで、我々との縁が切れるわけではないからな」

「陛下……」

「しかし、もしものことを想定しておく必要はあるだろう。ここにいる間は、王室御用達の仕立て職人として日々を邁進《まいしん》せよ」

熱い眼差しに縫い留められ、晃は逃れられなくなる。こんなにも大事に思われるなんて考えもしなかった。そして、何よりも晃のことをどこまでも尊重してくれた上での激励が嬉しかった。

「僕はこの世界にきて、あなたに出会えてよかった。必ずや恩に報いるように努めます」

手を差し出され、硬く握手を交わす。

晃は改めて感謝を込めて、花が綻ぶような満面の笑顔をアロイスに向けたのだった。

＊＊＊

——出会えてよかった、か。

アロイスは輝ける宝石を見るような眼差しで、晃の弾けるような笑顔を見つめていた。

(もっと強く引き留めるべきだっただろうか)

このような気持ちになるのはいつぶりだろうか。胸の裡を焦がすような熱いものに名前をつけるとしたなら、なんと呼ぶべきだろうか。

その日の晩、アロイスは久方ぶりに眠れない夜を過ごすことになった。

握手を交わした数日後。

衣裳部屋で片づけをしていた晃に、アロイスはルーンを連れ立って声をかけた。

「ささやかだが、パーティーを開いてもいいだろうか。とはいえ、大げさなものではなく、私とルーンとおまえの三人の【労《ねぎら》いの会】と称したお茶会のようなものだ」

ルーンがこくこくと頷くと、どうやらルーンが発案者であるということが晃にも伝わったらしい。少し言い訳がましかっただろうか、とは思ったが。

「もちろんです」

晃は朗《ほが》らかに微笑んだ。

無邪気さの中にある生真面目さ。無垢な輝きの中にある芯の強さ。柔らかな花のような笑顔の中にある凛とした姿勢。なんていじらしい人間なのだろうか。

晃に惹かれていくものを感じながらも、元の世界に戻りたいと言っていた彼のことを思えばこそ、アロイスは自分を抑えつける。そんな張りつめたアロイスとの気持ちが伝染してしまったのだろうか
「せんせ、いなくなる……の？」

ティールームに到着した途端、そう言いかけたルーンが唇を噛んで俯いた。

ルーンの体は小刻みに震えていた。

「ルーン殿下」

晃は戸惑ったように眉を下げた。

アロイスはフォローする言葉を考えていたのだが。

「いやだ」

と、ルーンは顔を上げて涙を溢れさせた。

隣にいたアロイスは息を呑む。結果、何も言えなくなってしまった。

アロイスよりも先に言葉を紡いだのはルーンだった。

「いて、ほしい。ずっと、ずっと、いて、ほしい！」

晃が驚いた顔をする。

アロイスもまたルーンの様子に衝撃を受けていた。

「ルーン殿下……」

「ここにいろ、せんせ。やくそく、だ」

怒っているような、泣きそうな顔を堪えながら、懇願するようにだが命じるようにルーンはそう言った。

明確に意思を伝えようとするルーンを見るのは、これで何度目だろうか。晃に出会えなければきっと我が子はずっと箱庭に閉じ込められたまま、お飾りの跡継ぎになっていたに違いない。そう考えると、ルーンが短い期間に成長できたのは、やはり晃の存在が大きかったのだと思わざるを得ない。

アロイスとて晃との別れは辛い。

王都に居を構えて離れ離れになるというレベルではない。二度と逢えなくなるのだ。ふらりとやってきた異世界からの旅人に、また会える保証はどこにもない。

無論、それはこの世界に生きる自分達も同じことだ。戦や内乱が全くなくなるわけではない。いつ別れが訪れるか、誰にも未来のことはわからない。それが自然の理だ。

占いを頼りにしてきた古い歴史は、先人の教えではあるが、それだけを鵜呑《うの》みにするものではなかった。必要な出逢いと、そして別れがあるということは、身をもってしかわからないものなのだ。

我が子の成長と、来訪者との別れと、複雑な感情をひとつずつ整理しながら、アロイスは腰を折ってそっとルーンの肩を抱いた。

「ルーン、たとえその日がきても、大切な者の門出は祝ってやってこそ、愛情というものだ」

「……ちち、うそ」

涙を目にいっぱいに溜めたルーンがアロイスを睨む。ぽろりとダイヤモンドのような透明な雫がこぼれだす。

晃が思わずといったふうにルーンを抱きしめようとしたが、ぐっと踏みとどまり、その代わりルーンの頬をハンカチで拭ってくれた。

「ルーン、嘘はついていない。私としてもコウとの別れは寂しい。だが、コウが幸せであるほうが私は嬉しい。ルーンは違うのか？」

そう、嘘ではない。

だが、アロイスは自分に言い聞かせたのかもしれないと内心思う。

ルーンは押し黙って考え込んでいる。四歳になったばかりの王子だが、彼には元より我儘で終わらない思慮深さがあるのだ。

「せんせ、わらう、すき」

顔をぐしゃぐしゃにしながらルーンがたどたどしく言う。しゃくりあげるように声が震えている。そんな我が子が愛おしい。

「そうであろう？」

アロイスが優しく念を押すと、ルーンはこくんと頷く。そして片手を晃に伸ばした。握手を求めているらしい。別れの意味をようやく受け入れたようだ。

「ルーン、おまえは賢くて優しい。私はそんなおまえが誇らしい」

アロイスに褒められてルーンはまんざらでもない様子だった。そしてまだ泣きそうな顔をしながらも晃に向けて笑顔を見せる。

晃は小さな手を受け止めて握手をしてくれたが、そのままルーンを抱きよせてしまった。

「すみません。ルーン殿下、今だけは、ご無礼をお許しください」

その様子を見て、アロイスの感情が波立つ。

久方ぶりに感じた、どうしようもない衝動だった。

「よい。ゆるそう」

そう言ったルーンの顔に笑みが戻った。髪に触れた小さな指を感じたのか、晃にも笑みが零れる。

少しの間ではあったけれど、晃なりにルーンへの愛着を持っていてくれたのだろう。

アロイスにとっても同じだ。晃を交えてルーンと一緒に過ごし、疑似的ではあったが、理想の家族のような居心地のよさを感じていた。

晃の目尻に熱いものが溢れていくのをアロイスは見た。どうやら晃はルーンからもらい泣きしてしまったらしい。

「おそろいだ」

ルーンがそう言って笑う。晃もまた釣られたように笑った。

アロイスは湧き上がった衝動のままに彼ら二人を抱きしめた。

それ以上はもう堰き止めていることは難しかった。

「ちち?」

「陛下?」

「……少しでいい。こうさせてくれ。おまえたちに感謝の想いを込めたかったのだ」

万感《ばんかん》の想いを込めて、アロイスの腕の力は自然と強まってしまう。

すると、負けじとルーンも抱きついたせいで、晃が小さく呻く。

それから、三人はゆっくりと抱擁を解くと、それぞれに花が開くような笑顔を浮かべたのだった。

§　10章　元の世界に戻る道、引き留める熱

楽しいお茶会のあとで、はしゃぎつかれたルーンは眠ってしまった。ルーンのことは世話役のメイドに託したあと、晃はアロイスの私室に招かれた。

「まずは、ルーシェンの件だ。気持ちは少し落ち着いただろうか？」

「はい。妹を亡くした自分にとってかけがえのない時間だったのだと、それだけ覚えておこうと思います」

リーシェンとそれからリーシェンの兄はセザールが生み出した、いわゆる土人形や泥人形……ゴーレムと呼ばれる類《たぐい》のもので、人間ではなかったわけだが。

それでも命を吹き込まれて存在していたことには違わない。彼女には心と感情が備わっていたのだから。

不思議な体験だった。今も、妹の声がどこからか聞こえてきそうな気がする。

少しの感傷を抱いていると、アロイスがこう言った。

「これは提案だが、弔《とむら》いのための墓を用意してはどうだろうか」

「でも……リーシェンは」

「おまえが言ったとおりに、心が、魂が、想いがそこにあったのだとしたら、弔いをしてやることはおかしなことではないだろう。花を手向《たむ》けてやるといい」

「実は、作っていたポシェットがあるんです。それをどうしようか考えあぐねていました。弔えるのなら、おくりたいと思いますが、でも……僕がこの世界に残らないかもしれないと思うと」

そう、たとえ墓があっても、晃はここにいられなくなる。ならば、元の世界の妹に……ということも考えたが、それでも妹の結衣とリーシェンは似ていても異なる存在でもある。

しばし沈黙が横たわったあと、アロイスが先に口を開いた。

「では、このまま、骨をうずめてみるというのは考えられないか？」

「それは……」

「可能性があれば、おまえは元の世界に戻る気があるということか？」

答えあぐねていると、指先にあたたかいものが触れた。引き留めるようにぎゅっと握られてしまう。弾かれたように顔を上げると、アロイスの熱っぽい瞳と視線が交わり、どきりと胸の内側が撥ねる。

「回りくどいことばかりをしてすまない。覚悟はしている。だが、私はやはりおまえに帰ってほしくないと思っている」

「陛下……」

「おまえには我儘ばかりを言って困らせるようなことをしているのはわかっている。しかし本音だ」

情熱的な眼差しを向けられ、晃の鼓動はますます騒がしくなる。脳にいきなり甘い毒が流し込まれたみたいに、思考がバラバラに動いて定まらなくなる。

それは、つまりはどういうことなのか。

「ルーンのことは感謝している。だが、それだけではない。私はおまえに……人として好ましく思っている以上の思いを抱いているのだ」

アロイスが近づき、晃の頬に手を添えた。

澄んだ夜空のような藍色の瞳から目が離せなくなる。

「コウ、私はおまえのことを、途方もないくらい好いている」

「アロイス、陛下……」

晃はどうしていいかわからなかった。吐息がかかるくらいまで近くにアロイスがいる。何をしようとしているのか気付いたときにはもう逃げ場などなかった。

唇が触れた瞬間、ここにはないはずの電気が走ったかと思った。

「んっ……」

驚いて零れた吐息ごと奪うように、アロイスが唇を強く押し付けてきた。情けなくよろめきそうになる晃の腕を掴んで、幾度となく啄《ついば》んでくる。逃れる隙を与えてくれない。

「は、……っん」

晃はせめて視線で糾弾しようと、濡れた瞳をアロイスに向けた。

けれど、それはますます情欲を駆り立てるだけだった。アロイスは欲情した獣《けもの》のような熱を灯していた。

こんな表情をするアロイスは初めて見た。このまま奪われてしまうのではないかという不安を上回る期待でぞくりと震えが走る。

「すまない。我慢が効かなかった。私を赦せ」

アロイスは恥らうように頬を染め、晃から手を離した。

晃はたまらなくなってしまい、無意識にアロイスの手を握ってしまった。

「コウ……」

異世界に飛ばされて、寄る辺ない自分をここに置いてくれて、大事にしてくれた。

そんなアロイスのことを国王として器の大きな人だと、人として好ましく思う。

だが、晃もそれだけではない。アロイスへの特別な感情があるのは確かだった。激しく惹かれていく気持ちを止めることができない。唇が触れ合って、自分の中にある欲望に気付かされてしまった。鼓動が激しく音を立てたまま、耳まで熱い。

こみ上げる感情と混乱する思考の間を潜り抜けるようにして、晃はなんとか息継ぎをする。

不意に、王妃のことが思い浮かんだ。

「……僕は、男ですよ」

念を押すように晃は言った。

「愛するのに性を問うのは無粋《ぶすい》というものだろう」

アロイスが悲しげに睫毛を伏せる。

無論、この状況で質《ただ》すことではないことくらい晃にもわかっているが、ほんの少しでいいから冷静になりたかったのだ。

「王妃殿下がいたではないですか」

胸の裡に仕舞っていた本音を告げる。亡き妃を愛していたアロイスの様子を想像するだけで、苦しくなってきてしまう。亡くなった人に嫉妬をするのは滑稽だと思う。けれど、美しい思い出があればあるほど、その人を越えることができない事実もそこにはある。

「妬《や》いているのか？」

　慈しむようにアロイスは晃の頬に触れる。

　晃はなんとなく胸の中に靄が広がるのを感じながら、唇をきゅっと噛んだ。

「答えてくれないんですか」

「おまえに信じてもらうために必要ならば打ち明けよう」

　アロイスは一言添えてから、再び口を開いた。

「私たちはいわゆる政略結婚だった。エリーヌには好きな相手がいた。形式だけの結婚を望んだ。だが、信頼関係を築く中で、私は人としてエリーヌを慈しんだ。共に譲れない心の契約の中で、歩み寄ることを忘れなかった。よき夫婦でいられたと思っている」

　かつての光景を思い浮かべているのか、アロイスの表情はやさしく和らぐ。嫉妬することさえおこがましいと感じるほどに、きっと温かな思い出だったのだろう。

「それを愛というのではないでしょうか」

　胸が締め付けられるのを堪えながら、晃は改めてアロイスに問うた。

「名前をつけなければならないのなら、そう言えるのかもしれない。ルーンを授かったことも幸福だった。私はエリーヌのおかげで家族の愛を得た。それはたしかだ」

　アロイスは否定せずに正直に答えてくれた。

晃はそれ以上何も追及する気にはなれなかった。

「……それなら、僕は」

「コウ、私はおまえという個人に惹かれた。目の前のコウという人間を、私は求めている。その違いをわかってほしい」

そう前置きした上で、アロイスはまっすぐに晃を見つめた。

「おまえが欲しいんだ」

熱を帯びた声に、晃は息をのむ。

「アロイス、陛下……」

迷いをかき消さんと、アロイスの腕が晃を抱きしめた。

「私を、そんなふうに呼ばなくていい。私の名を呼べ」

「アロイス、様」

「コウ……」

唇への愛撫はひたすら甘く続けられ、そのうち立っているのもままならなくなる。

晃の体はいつの間にかベッド上で、アロイスに覆いかぶさられていた。彼の身体の重みと熱い体温を感じて、自分達が触れ合っていることを強く意識すると、息を吸うのがつらいほど胸が苦しくなってきてしまう。

「あっ……」

玲瓏《れいろう》たる国王陛下の、美しい顔立ちに妖艶《ようえん》な色気が差す。普段は君主としての冷徹な表情を覗かせ、あまり感情を表さないアロイスが、今は飢えた獣のように晃を組み敷いた。服を脱ぐと、均整の取れた美しい体にはしなやかな筋肉がついていて、その逞しい腕に囲われるがまま、嵐のような濃密なキスに溺れた。同性なのに、晃とは何もかも体のつくりが違った。アロイスは晃の華奢な体を気遣うように服を脱がせながら撫でていく。

指先ひとつ触れるだけで、晃は跳ねるように感じてしまう。肩や二の腕、胸の際、わき腹や臀部へと焦らすように手が這わされていく。そのくすぐったさに身をよじりながらも、もっと触れてほしいという欲望がもたげてくる。それはやがて下肢にそそりたって主張し、アロイスにまで伝わってしまう。

恥ずかしさのあまりにこらえにこらえようとしても、あっという間に理性的な思考は奪われ、アロイスに求められることの喜悦に身が震えた。

「……っん」

啄むような甘い口づけの後で、アロイスの舌が侵入してくる。やさしく溶かすように搦めたかとおもえば、吸い付くように翻弄して、晃を夢中にさせた。瑞々しくも淫猥《いんわい》な水音が部屋に響き渡っていき、晃の鼓膜を刺激した。

その一方、節《ふし》くれだった指先で引き続き肌をなぞられるにつれ、愛撫に体が撥ねてしまう。その手つきはだんだんと焦らすより慣らすように、やがて誘うように下へと伸びていく。敏感に得た愉悦からそそりたった晃の屹立の先端からは蜜《みつ》が溢れ出しつつあった。

「……っ」

「言えばいい。もっと、私に触れてほしい、と」

アロイスが一段と低い声で囁きかけてくる。晃はぞくぞくとするものが止められない。誘われるがまま口にしたくなってしまった。

根負けさせようと、アロイスが晃の耳朶を食む。熱い吐息と鼓膜に響く水音に、たまらなくなって声を上げた。

「あっ……だめっ」

このまま好きにされてみたいという好奇心と、抗わなければいけないという最後の理性が闘っている。

しかし抵抗むなしく押し負けて、彼に抱かれたいという欲望と切実な願い、そして想いが溢れ出してしまった。先走った蜜が零れだしていく。直接触られたわけではないのに、キスと愛撫だけで達してしまいそうになっていた。

「あ、ぁっ……」

察したように、アロイスがとうとう晃の秘めた熱の塊を手におさめ、弱い箇所を責めるようにやさしく揉みしだく。

「言え。触れてほしい、と」

「や、だ、め……っ」

「なぜ？」

「だって、……っもうっ」

不慣れな刺激はあっというまに晃を上り詰めさせようとする。その激しくこみ上げる欲求から逃れることはできなかった。

「んっ……くぅ……はぁ、はっ……アロイス様っ」

「心地よいんだろう？　ならば、もっと……素直になれ」

巧みに愛撫されて、尖端からは泉のように蜜が溢れ出す。ひくひくと後孔が痙攣するのを感じる。陶然《とうぜん》とするさなか、唇を塞がれ、舌を搦めとられるが、衝動的に突き上がってくる絶頂感に、呼吸が覚束《おぼつか》ない。

唇がついと離れ、間近にアロイスが見つめてくる。涙の膜が張った視界の中、とうとう晃は根を上げた。

「アロイス、様っ……触れて、くださっ……」

もう、どんなふうに好きにしてくれて構わない。そんな激しい感情が沸き立ったそのとき、アロイスの手淫がよりいっそう激しくなり、絶頂へと誘い出す。

唐突に、雷に打たれたような衝撃が走った。

「んん、あ、あん……あ、あっ！」

臀部が戦慄いた拍子に、充血した熱はとうとう爆発し、白濁した体液が吹きこぼれる。

すべてを吐き出すまでとまらない吐精感に、晃は息も絶え絶えに身を横たえた。

少しして落ち着くと、冷静な思考がいくらか戻ってきた。

ああ、なんてことを。アロイスの手をよごしてしまった。

みっともなく露わになったその熱の昂りはまだ脈を打って上を向いたままだ。

顔が上げられない。どうか見ないでほしい。だが、そんな羞恥以上に、アロイスへの想いが涙と共に溢れてきてしまった。

「いきなりすぎたとは思うが、もう止めるのは無理だ。悪いが、私から逃れるのは無理だと、諦めてくれ」

涙を浮かべる晃を至近距離から覗いて、愛おしそうに頬を摺り寄せ、唇を甘やかしてくる。嬉しくて、晃はねだるようにアロイスに唇を預けた。

濡れてびくびくと上を向いたままの肉棒を、アロイスはやさしく宥めてくれる。その間にも後孔はひくひくと痙攣し続けている。

　密着してキスに応じていると、下腹部に当たる硬く張りつめたものの存在に、晃はどきりとした。そうだ。晃だけが感じていたわけではないのだ。

「おまえが欲しい。私を受け入れてくれ」

　熱っぽい両の瞳に囚われて、晃の体温もまたぐんと上昇した気がした。上り詰めたばかりのはずの欲望がまた頭をもたげてしまう。抗う理由はもう見当たらなかった。抗う必要なんてどこにもなかった。それにきっと彼は逃がしてくれない。それでも本気で晃が嫌がれば、彼は自分よりも晃のことを優先してくれるやさしさは持ち合わせている。そんなアロイスのことが愛おしくて、晃の方こそもう止められそうになかった。

　晃は覚悟を決めて頷き返す。

「好きです、アロイス様」

　告げた拍子に、アロイスが息を呑んだのがわかった。彼の瞳に激しい熱が灯される。

「……私もだ。おまえが好きだ、コウ」

　ぐっと押しかかるような体勢にさせられ、晃は息を詰めた。

「……ん」

「……無理な体勢をさせるが、しばしの間、許せ」

見つめ合う視線はそのまま、晃がこくりと小さく頷いたのを合図に、アロイスは蕩けた蜂蜜を指でゆっくりと広げるようにしてから先端を溝に埋める。

「あっ……」

めりめりと異物に広げられる感覚に、晃は思わずかぶりを振った。そこに男根を受け入れることは初めてで、自分がどうなるかなんてわからない。

自分の道の領域を侵されていく、そんな不安と羞恥《しゅうち》といったたまれなさに、全身に血液がめぐっていくのを感じる。その一方、アロイスと結ばれたいと願うつよい気持ちが、つき上がってきていた。

アロイスは無理に進めない。それがいいのかはわからない。ゆっくりと沈んでまた引き抜かれて、その優しさがどんどん甘い毒のように晃を狂わせる。どれほどアロイスを求めているのかを思い知らされる罰のようだった。

「はぁ、あっ……ん、……っ」

枕の上でかぶりを振り、シーツを指でかきながら、晃は涙をこぼす。

「……辛いか?」

そう尋ねるアロイスも苦しそうだ。

狭い中に収めきれない彼の質量では無理もないかもしれない。

「いい、から、離れ、ないで……っ」

涙が溢れ、頬を伝う。その雫を、アロイスは舐めとった。

「おまえを想うと、私は……どうもままならなくなる……っ」

今度は深く掘削され、晃はびくびくと小刻みに達しながら仰け反った。

「ああっ……あっ！　あっ！」

はしたない欲望をあらわにした頂きからは溢れる想いの雫が迸《ほとばし》る。アロイスの熱い手が這わされて、あますことなく愛撫してくる。その間にもアロイスの逞しい幹が根元まで埋められ、やさしく且つじれったそうに晃の腰を揺すぶる。

「あっ……あっ！」

手で弄られた時とはまた比べ物にならない甘い衝動だった。

目尻から涙が滴る。半身に埋められる情熱を感じながら、晃は苦悶と愉悦《ゆえつ》の織り交ざったなんともいえない愛おしい痛みに耐えていた。

溢れた涙で視界が揺らぐ。思わずぎゅっと目を閉じた。アロイスが与える感触がより直情的に伝わってきて、止めどなくまた熱いものが吹きこぼれてしまう。

「ん、……くっ……ぅ！」

「……おまえが、好きだ、コウ……っ」

「あっあっ――っ！」

好きです、アロイス様。声にならない声で、必死にアロイスに縋りながら口走っていた。そうして絶え間なく穿たれる合間に、無意識に何度も想いを吐露する言葉が零れていた。

気を失いかけたそのとき、熱い飛沫《しぶき》が迸ったのだった。


気だるい身体を横たえ、喉の渇きを感じると、濡れた唇に覆われて、晃はゆっくりと目を開けた。食《は》み合うように愛の交歓《こうかん》を続けるアロイスの妖艶な姿に、鼓動はいつまでも落ち着かない。

しかし、ゆっくりと現実を受け入れるにつれ、人間が持ち合わせている本能の一部、賢者タイムが訪れる。

ここは異世界で、自分は別の世界の人間。こんなにも深く接点を持っていいものだったのか、と。しかしもう致してしまったのだから、今さらの話だ。

それ以上に、アロイスに愛された余韻は、晃に至福の喜びを与えてくれている。このまま永遠にこの楽園に浸っていたいとさえ思うほどの愉悦だ。

矛盾した感情に心を揺さぶられていると、アロイスが目を開いた。

どきりとして晃は寝たふりをしようかと思ったのだが、アロイスが動く方が早かった。晃を自分の方に引き寄せると、唇を求めてきた。

「ん……」

情事のあともたっぷりと口づけを交わしたのに、それでも離すまいとアロイスが執拗に唇を求めてくる。呼吸が続かなくなって思わずといったふうにアロイスの胸板に手をあてると、彼は不満げに晃の顔を覗き込んでくる。

「先ほどはあんなにも私を求めていたのに、今さら嫌だというのか？」

独占欲をあらわにしたアロイスにどきりとする。好きな人に束縛されるのは嫌いではない、と思ってしまった。

「そ、そうじゃなくって……だってっあんな、に、したのに」

そう、キスはしてほしい。するのは嫌いじゃない。ただ、遅れてやってきた羞恥心に、苛《さいな》まれていただけだった。

それが伝わったらしく、アロイスは不敵な笑みを浮かべる。

「ならば、やめる理由はないな……」

言葉がかみ合っていない。でも、お互いの心情は一致していた。

じゃれるように触れてくるアロイスの唇を受け止めるうちに、やがて深く舌を絡める濃密な戯《たわむ》れへと変わっていく。

あれほど出したというのに、自分の中心がまた熱を帯びていくのを感じて、晃は思わず仰け反る。節操なしだと思われるのはいやだ。

「この状態で、あんなに……とは？」

アロイスはくすりと笑って、晃の隆起しはじめていた胸の先をいたずらに舐め上げる。

「ひ、あっ」

「まだ足りない。あれで満足したと思われては困る」

まるで心を読んだように意趣返しをされてしまい、晃は顔を赤く染め上げた。

アロイスは案外、意地悪なところがある。晃を翻弄《ほんろう》するために攻める手をやめない。

胸の突起を軽く吸われただけで迸りそうになる快感に頭がくらくらする。

「あ、あっ……！」

アロイスの肌からは馨しい香の匂いがする。お互いの体温に溶け合って鼻孔をくすぐるその官能的な香りは、よりいっそう晃の興奮を煽る。

我慢が利かずに硬くそそりたった肉棒は、アロイスの無骨な手に収められ、再びゆっくりと擦られていってしまう。

「ん、んっ……」

声を我慢してこらえようとすると、胸の突起を執拗に舐めていたアロイスがみぞおちから下腹部へと舌を這わせて移動し、とうとう肉棒の切っ先に唇を寄せてきた。

「あ、だめっ……！」

晃は驚いて慄く。そんなことをアロイスにさせられない、と焦ったのだ。

「おまえの中は私が奪った。ならば、私にも尽くす権利がある。おまえを存分に可愛がらせてくれ」

アロイスの言い分はよくわからない。そこから先の記憶はどんどん混濁してわからなくなっていく。アロイスに好きなようにねっとりと尖端を舐られ、やがて深く咥《くわ》えられたまま吸われる感覚に晃は身悶えた。蕩けていく快感は没頭する時間を与えない。激しい吐精感に見舞われて晃は仰け反った。

「や、あ、っ……出るっ……」

せめて穢してはいけないと離してほしいと懇願した。

しかしアロイスは赦してくれなかった。軽く歯があたらないくらいに吸い付いたのだ。

「あああっ！」

晃は結局そのまま吐精してしまった。

びくんびくんと震えている間にも、すべてをアロイスは飲み込んで搾り取っていく。

「どうして、おまえはこんなにも愛おしいのだろうな……」

感じ入ったようにアロイスが言った。見上げる獣のような熱い瞳に、晃はぞくぞくとした興奮を覚えた。

高貴な人の唇を穢してしまった罪悪感と愛しい人への征服欲と矛盾した感情が込み上がってきて止められない。もう恥ずかしいなんて言っていられなかった。彼に再び奪われたいという強い願いがこみ上げてくる。

「アロイス様、挿れて……僕を、もっと……奪って」

初めて晃はアロイスに甘えた声で我儘を告げた。

アロイスは息を呑んだような顔をし、衝動的に晃を四つん這いにさせた。

そして、アロイスはひくついた晃の後孔に指を滑らせてきた。蜜口を広げて、アロイスの昂った切っ先がぐぷりとおさめられていく。

「ん、あ……ぅ」

蜜口だけではなく腹の中まで広げられるくらいの圧迫感に襲われる。苦しいけれど、痛みよりもそれ以上に受け入れたい欲求の方が高まっていた。

「……もう、二度目は、手加減など、しないからな」

アロイスはゆっくりと腰を動かし、晃を気遣うように往復する。だが、やがて慣れてくると断続的に穿《うが》つようになった。

「あ、あっ……あっ！」

「……っ……っ！」

獣のように繋がる行為に、ひどく昂った気持ちになる。本能のままに交わること、愛し合うことを許された錯覚に陥る。やさしく指で開かれた場所に、アロイスの昂りはまた晁の中を支配する。

浅い場所で揺すられると、もどかしさで泣きそうになる。やさしく深いところまで沈められると、彼への愛が溢れ出してしまう。手加減などしないと言いながらも、アロイスのその本心はどこまでも晁を甘やかしてやさしくしようとする。しかしそれも結合を続けるにつれ、獣の姿を覗かせていく。穿たれる中にじんとした甘い響きが走った。

「コウ、好きだ、おまえを……愛している」

手に余るくらいどうしようもない、と。

切なげに吐露されたアロイスの吐息混じりの声が背中に、うなじに零れてくる。

「あ、あぁっ」

脳裏に眩い閃光《せんこう》が走った。絶え間ない愉悦の末に晁は上り詰め、すべてを迸らせた。

愛しい人を受け入れた蜜口はひくひくと痙攣を繰り返し、横たえた体には少しも力が入らない。全速力で駆けたときのように心臓は爆発しそうなほどの鼓動を奏でている。

くったりと手折られた花のようになっていた晃を、アロイスがやさしく抱きよせてくれ、濡れた唇を重ねてきた。

「ん、……」

口づけは心地よく、いつまでも食み合っていたいと思った。

けれど、アロイスはその先を求めようとする。

「待って、も、限界……」

「すまないが、おまえを愛したくて仕方がないのだ。許せ……コウ」

「アロイス、様っ」

このまま本当に朽ちてしまうかもしれない。

ああ、でもそれでもいいかもしれない。夢は叶い、愛する人に求められる。

なんて幸せなのだろう。これはいつか覚めるかもしれない、都合のいい夢なのだ。

溺れるだけ溺れてしまえばいい。

晃はとうとう考えることを手放した。

目覚めると、隣にいたはずのアロイスの姿はなかった。寝返りをうとうとして、晃は思わず枕を握り締め、ううっと呻いた。

あちこち筋肉痛だし、背中も腰もだるい。それに鈍い痛みが中に広がって、しばらく動けそうにない。何度も交じり合ったのだから当然の報《むく》いではあるが。

自分の手首の内側につけられた赤い刻印を見て、晃はかぁと顔を赤らめる。

（夢のまま終わらなかった……）

今、晃の身体中を支配する痛みは、アロイスに刻まれたものだ。

はぁ、と熱っぽいため息がこぼれる。

めくるめく時間を思い出すと、その瞬間から脳が溶けてしまいそうなほどの羞恥に血液が沸騰するようなざわめきを感じる。

ノックの音にびくりと戦慄き、晃は声を出した。その声も驚くほど嗄れていて、どれほどアロイスに喘がされたかをいやでも実感させられてしまう。

「お目覚めでしたら、湯殿にどうぞ」

「は、はい」

メイドが何かを察したのか、目を合わさずに着替えだけを置こうとする。晃も気まずいままただシーツに包まれていた。

それから痛みとしばらく葛藤したのち、いつまでもベッドにうずくまっているわけにはいかないと奮起する。ここはアロイスの私室なのだ。籠城していてはメイド達も困るだろう。

晃はひとまず湯あみを済ませて自室へと戻ることにした。

深入りしてしまったことを懺悔《ざんげ》しながら、自室で晃はどんな顔でアロイスと対面したらいいだろうと考えていた。

「陛下よりティールームの方でお待ちしているとのことです」

晃は返事をして、ドキドキしながらティールームへと向かった。

あたりまえだが、乱れていた艶やかな姿のアロイスではなかった。

しっかりと着こんでいる。だからこそ、なんだか倒錯《とうさく》的な気分になってきてしまう。

愛し合ったあとの素面《しらふ》の気まずさを、晃は初めて体感していた。

もじもじしているのが伝わったのか、アロイスもやや気恥ずかしそうな顔をしている。

「おまえと過ごした時間は悔《く》いてはいないが、だがしかし、おまえの気持ちをしっかりと考えずに衝動のままに求めてしまったことは別問題だ。そこは申し訳なかったと思っている」

「……それは、僕だって同じです。お互い様ですよ」

言い合ってから、しばしやわらかな沈黙が横たわった。

「こんなにも目が離せないと思ったのは初めてだ。わが身に余る感情をどうしたらいいかわからない」

切々と熱く語られるアロイスの想いに、晃の胸はいっぱいになる。

「もしも……」

「もしも」

同時に声が重なって、互いに譲り合う。

「私から言おう。コウ。このままここに残れ。そして、おまえがこの世界に残るならば、私の生涯の伴侶になってくれ」

甘い言葉の衝撃にくらくらと眩暈《めまい》がする。

反省したばかりだというのに、触れ合いたい熱がこみ上げるのを止められなくなっていた。

「無論、おまえの希望も尊重はしたいと思っている」

アロイスはそう言い、テーブル越しに晃の手を握った。

矛盾する想いを、互いに受け止め合う。

『返事は今すぐでなくても構わない。よく考えてほしい。占い師からの話を聞いてから判断してもいい』

そう言いながらも、離したくないと、アロイスの視線が絡みつく。

昨晩、至るところに触れた指先、頬に宿る熱、体に残された甘い痕。それらが漣《さざなみ》のように晃の全身を奪っていく。

政務に戻ると言い残して去ったアロイスの背を見送りながら、晃は体内に刻みつけられたアロイスの愛の名残を感じ、どうしようと顔を押さえたのだった。

§　11章　共に生きていく覚悟

その後、晃は占い師と対面することができた。

占い師は晃がこの世界に召喚された理由についての推測を話してくれた。

それは、王室に必要な存在として適していたから。一方で、晃が求めていたものがこちらの世界にあったから。お互いが呼び合ったのだという。

「それを共鳴《きょうめい》の召喚といいます。これは誰かの思惑が操作することではなく、世界が決めること、すなわち悪意をもった者が容易に改変できる事象ではないのです。これを世界の宿命《さだめ》と呼んでいます」

「宿命……」

誰にも予期することのできない運命、抗うことのできない偶然、それらが合わさった変えることのできない命運のことをいうようだ。

そして、アロイスと晃を前にし、占い師は新たにこう予言した。

「先ず、先に告げておきましょう。元の世界に戻りたいという意思があるのでしたら、帰還は三年に一度、燃える赤い月が大地を割るときに現れる光の渦《うず》に飛び込むといいでしょう。召喚されたときには、似た条件で光の渦が現れたはずです。対の光の渦はそのたった一度のみと出ています」

間もなくその日がやってくるので、間に合えば帰還できるということだった。

「それはいつ」

「三日後です」

「三日後……!?　そんなに早く」

（元の世界に戻れる……？）

けれど——。アロイスのことを気にかけつつ、晃は占い師に問うた。

「三年後に、また機会は訪れる、ということですか？」

「いいえ。二度と同じ機会は得られません。あなたがこの世界に召喚されたのは、先ほど説明したとおり、ただ一度の奇跡なのですよ。たとえ条件を揃えようとしても全く同じものが再び召喚されるという保証はないのです」

そうであれば、もう二度とアロイスにもルーンにも会うことはできない。

元の世界で得た、一期一会……という言葉が思い浮かんだ。

「それから、あなた自身の力ですが、共鳴に呼ばれた元々のあなたに備わっていた力といえましょう。その元々のあなたのその力はこちらの世界では、光の魔法として発現した。停滞していた国が光の助けを求めていたこちらの世界に共鳴したため、あなたは『導くもの』つまり『魔導師』としてこちらの世界に呼ばれたのでしょう」

「導くもの……」

「王妃が亡くなったことで王子が塞ぎ込み、光を失ったように王の顔からも温かさが消えた。あなたのような魔導師を待っていた。そして実際、あなたはその光を用いて衣装作りに転じ、結果、王室をはじめ人々の助けとなったはずです。そう伺っていますが、違いますか？」

「たしかに依頼してくれた人達の笑顔を見送ってきました。ただ、その魔法について聞きたかったことがあるんです。僕が願いを込めることによって、よい影響を与えるのならいいのですが、反対に悪い影響を与えることもあるんでしょうか？」

「あなたの力は軽い能力増強すなわちバフを与えるものであると視えています。その力自体は担い手の心に闇がなければ、悪しきものにはなりません。光の魔法の基礎は助けになろうとする守護の力です。破壊を象徴とする闇とは対となるもの。ただ、もし、あなたの身に余る力だと思われるのならば、手放すことも選択肢の一つです」

「もし力を手放すとしたら、僕はどうすればいいのですか？」

「宿命を頑《がん》として受け入れられず、この世界に巻き込まれたくなければ、ただ一度の機会を逃すことなく、お帰りになった方がいいでしょう。それが手放すということです」

占い師の言葉に、晃は俯いて沈黙した。元の世界に帰れば、晃はただのデザイナーを目指していた学生に戻るということ。魔法の力はこの世界だからこそありえたということだ。

「では、この世界に残ることを選んだ場合は……」

「あなた自身がコントロールしていくほかありません」

コントロールすることの怖さを、晃は考え込んだ。心に闇がない人間などいるだろうか。晃にだって負《ふ》の感情が芽生えることはあるのだから。けれど、こんなふうにも思う。誰かのためにつよく願うときに発現する光の魔法……であれば、自分の心とは別に切り離せるものなのではないかと。

最初につよく意識したのは、ルーンに対して願ったときのことだった。

【恐れるな】と、魂に訴えかけてくる何か強い力を感じ、内側からみなぎる力が強まっていく感覚が研ぎ澄まされていくようだった。あれは受け入れるだけだったが、そのうち意識してコントロールできるようになるということだろうか。

「おまえならば、大丈夫だ」

アロイスの言葉に、晃は顔を上げた。

「我々もまた必ず力になるように策を立てる。余計な心配は要らない」

晃は思わずアロイスを見つめた。

「あと三日。迫られた期限は短いが……よく考えるといい。いずれにせよ、後悔のしない決断を……ああは言ったが、私は何よりおまえの想いを尊重したい」

アロイスはもう覚悟を決めているようだった。

「アロイス様……」

その後。占い師が保護役の騎士に連れられて辞したあと、アロイスは政務のために戻って行った。

晃は与えられた自室に戻って、ひとり気の抜けたように窓から外を見た。

三日後に元の世界に戻れる。

それを逃せば、もう二度と帰れない。

けれど、元の世界に戻ったら、もう二度とこちらへ来られない。

残留《ざんりゅう》か帰還か。

晃には二つの選択肢が突き付けられた。

まるでゲームの世界みたいだ。

そう思わなければならないくらい、現実逃避をしたくなる。

元の世界への未練が完全になくなったわけではない。いつか家族と和解をしたい気持ちだってあった。デザイナーになる夢を持って揺らがぬ覚悟の上で日々邁進していたはずだ。元の世界に戻れば、まだ今なら間に合う。

けれど――。

揺れる想いはいつまでも定まらず、晃は刻々と迫る期限ぎりぎりまで思い悩むことになった。

そしてその時は遂にやってきた。燃える赤い月は本当に存在した。

日に日に大地を染め上げる赤は強くなる。そして、約束の刻限が近づいてきていた。

あれから、占い師が大地を割る時刻と位置を割り出して、その場所を地図に記した。そこは双璧の騎士の証言によると、晃が異世界から放り出された場所と同じところだという。あのときと同じ条件で光の渦が現れたというのは真理のようだ。

王宮からその地図の場所まではそう遠くはない。しかし決断はできる限り早くにしなければならないだろう。

三日後の朝に、晃はアロイスの私室に呼び出されていた。最後に意思を聞きたい、ということだ。

「おまえは、やはり元の世界に戻りたいか？」

愛しい人の寂しげな眼差しに、決意を固めようとしていた心が揺れ動く。

「元の世界に、心残りがあると言っていたな」

「……はい」

心残りは確かにあったはずだ。

異世界に召喚されたのは不可抗力でしかなかった。

だから、いつか元の世界に帰れる道を探していたはずだった。

けれど、今はどうなのだろう。

今の自分に心残りがあるとしたら？

「私たちでは、おまえを引き留める理由にならないか」

別れを惜しむ視線がこちらに向けられる。

終わりの時が迫っている。

迷っている時間はない。

その問いに対し、選んだ答えは――。

「僕は、この世界に残って、あなたのそばにいたい。あなたたちの側にいたいです」

そう。

晃の心は、もうとっくに傾いていた。

取り返しのつかないくらいに動いてしまっているのだ。

この世界にいたい。

愛しい人たちの側にいたい、と。

この人たちの力になりたい。

この人たちを幸せにしたい。

願わくは、これから先も、必要とする人のために、そういう自分であり続けたい。

つよく願う晃から、眩い光が溢れ出す。

その瞬間、晃の身はアロイスの腕に包まれていた。

強く抱きしめられる心地よさを感じながら、晃もまたアロイスの背に腕を回しぎゅっと抱きしめ返す。愛する人たちと共に生きていく、という強い覚悟と共に。

§　終章

その後――。

この異世界から元の世界に戻ることのできるその瞬間を、晃はアロイスと一緒に王宮のバルコニーから見届けた。

現地には騎士と占い師が派遣され、その後、たしかに赤い月が大地を割るように沈むのを見たという証言をくれた。似たような条件で現れるのはおそらくまた三年後。だが、その位置や時期はズレが生じるため、あくまで似た状況にはなるが同じ光の渦の再現はなく、二度と元には戻れないことも同時に証明された。

晃はその現実をしっかりと目に焼き付け、今後の自分の在り方を胸に刻みつけたのだった。

赤い月が完全に落ちた夜。

晃はアロイスの腕に抱かれ、彼への愛を再確認し、完全に彼のものになったことを改めて受け入れた。

そして目覚めた朝のこと――。

「おはよう」

「お、はようございます」

「なぜ、そんなにぎこちなくなる」

腕の中に抱いて晃へ口づけながら、アロイスは微笑んだ。

「アロイス様が……」

あんなに激しく愛しすぎるから、とは言えなかった。口走ったら自滅しそうだからだ。きっとまた意地悪をしつつ最終的に甘々に蕩けるまで翻弄してくるのが目に見える。

「私が？」

「いえ、なんでもないです……」

「思い当たる節はあるが、言及はしないでおこう」

くすり、とアロイスは笑った。

この様子では、わかっていて催促するように言ったのだろう。まったく、ずるい。

「それよりも、私たちは今後のことを話し合わねばなるまい」

「今後のこと、ですか」

「おまえは私の伴侶となった。ゆえに今後王宮に住まうことになる。おまえに授けた王室御用達の称号はそのままに、王室専用の仕立て職人として職務を全《まっと》うしてほしい」

「はい。心して臨みたいと思います」

「……だが、けっして一般市民からの依頼を受けるなということではない。おまえにも作りたいものがあるだろうからな。たとえば、ルーン主催の行事でもよい。何かしらの機会をもうけて市民にもおまえの作る衣装の素晴らしさを知ってもらいたい。王室と市民との繋がりをもたせることも大事なことだ」

アロイスはそう言ってから晃に気遣わしげな目を向けた。

「力についても、必ずおまえの助けになると誓う。何か困ったことがあればすぐに相談しろ」

「はい。僕もこの力を受け入れ、きっと役立てたいと思っていますから」

ささやかな魔法。

それは、晃自身が想いを込めない限りは生まれない光だ。

元のいた世界で晃が望んでいたことは自分の作った衣装で喜ぶ人の顔が見たい、その人が輝けるようにしたい、ということだったのだから。そんな晃が、必要とする場所に呼ばれた、選ばれた、と考えたら……これほど誇らしいことはないと思うのだ。

「そんなおまえに最初の仕事がある」

「なんでしょう？」

「私の衣装を作ってくれないか」

アロイスの願いを聞いて、晃は閃いた。

「以前に言っていた？」

「ああ」

アロイスに想いを込めて衣装を作ったら、どうなるのだろう。ふと、そんなことを考えていると。

「おまえの愛情に包まれた衣装を着た私は、さぞ幸せな顔をするのだろうな。きっとルーンも羨ましがることだろう」

「っ……」

この流れは、何か別の意図を感じた。

「そしておまえは、また私の深い愛に溺れることになるのだろう」

言うが早いか、アロイスは再び晃をベッドへと沈める。

シーツの波に二人の身体が重なり合う。

「アロイス様、まだ、衣装は作ってないですよ」

「これから……まだ、時間は長いのだから。ゆっくりと仕立てていけばいい」

「……あっ」

晃はアロイスの愛に溺れながら、衣装を着た彼のことを思い浮かべた。

傍らには輝く光のような笑顔をのぞかせたルーンの様子が想像できた。

『よかったね。お兄ちゃん』

結衣のものかリーシェンのものか。重なり合ったやさしい声が届いた。

晃はそっと目を瞑り、アロイスの背に腕を回した。

絶対に完成させてみせる。

きっと素敵な衣装になるように、つよく願い、心を込めて。

「これから先もずっと、ずっと……愛している。コウ」

「僕も……ずっと、ずっと愛しています。アロイス様」

晃は自分に課せられた宿命をまるごと抱きしめた。

選んだ未来に、後悔はない。

晃は、コウとして完全に生まれ変わったのだ。

これからコウは、自分の力を信じ、この世界で愛する人と共に生きていく。

あとがき

こんにちは。森崎結月《もりさきゆづき》です。この度は『異世界に召喚された魔導師は若き国王に溺愛される』をお手にとっていただき、誠にありがとうございます。今回の作品のテーマはタイトルの通り『異世界トリップ恋愛』です。元の世界と異なる世界の違いに戸惑いながらも彼自身の成長を描きつつ、かっこいい攻めの王様とかわいい王子様と愛や絆《きずな》を深めていく物語にできたらいいな……という願いを込めて執筆にあたりました。

イラストは、七夏《しちか》様に担当していただきました。著書のセシル文庫発では『推《お》しと子育て結婚することになりました。』でもお世話になっておりまして、今回もとっても素敵なイラストを描いてくださいました。本文と共に異世界の恋愛物語を堪能していただけたら嬉しく思いますし、この物語がご覧になった皆様の心に何か感じるものが残せたら幸いです。

短い紹介文となりましたが、最後までお読みくださり、ありがとうございました！

またぜひ機会がありましたら、皆様と新しい世界でお会いできますように。

セシル文庫をお買い上げいただき、ありがとうございます。
この本を読んでのご意見・ご感想・ファンレターをお待ちしております。

☆あて先☆
〒154-0002　東京都世田谷区下馬6-15-4
コスミック出版　セシル編集部
「森崎結月先生」「七夏先生」または「感想」「お問い合わせ」係
→Eメールでも OK！ cecil@cosmicpub.jp

セシル文庫

異世界《いせかい》に召喚《しょうかん》された魔導師《まどうし》は若《わか》き国王《こくおう》に溺愛《できあい》される

2025年 3月 1日　初版発行

【著者】　森崎結月《もりさきゆづき》
【発行人】　松岡太朗
【発行】　株式会社コスミック出版
〒154-0002　東京都世田谷区下馬 6-15-4
【お問い合わせ】　- 営業部 -　TEL 03(5432)7084　FAX 03(5432)7088
- 編集部 -　TEL 03(5432)7086　FAX 03(5432)7090
【ホームページ】　https://www.cosmicpub.com/
【振替口座】　00110-8-611382
【印刷／製本】　中央精版印刷株式会社

乱丁・落丁本は、小社へ直接お送り下さい。郵送料小社負担にてお取り替え致します。
定価はカバーに表示してあります。

ISBN978-4-7747-6628-7 C0193